SUMMER HEAT

EDITION FRANÇAISE

JAY NORTHCOTE

Traduction par
MARY LANGE

UN

ADAM

Essayer de sauver une relation dont vous avez conscience qu'elle est en train d'échouer, c'est comme essayer de retenir du sable fin et sec dans vos mains. Il s'écoule doucement, un grain à la fois. Et peu importe à quel point vous serrez vos doigts, ça ne l'empêche pas de s'échapper. Lentement, inévitablement, le sable s'écoule jusqu'à ce qu'il ne reste plus rien.

Avec le recul, je savais depuis des mois que Drew s'éloignait de moi. Il travaillait toujours tard, et quand il rentrait, c'était pour s'enfermer dans son bureau et continuer à bosser. Lorsqu'il venait me rejoindre au lit, il était trop fatigué pour discuter, et surtout pour faire l'amour.

Au début, je m'étais montré compréhensif. Je savais que son travail était exigeant. Il était gestionnaire financier pour de grosses entreprises, ce qui n'avait pas beaucoup de sens pour moi, mais ça me permettait de jouir d'un style de vie auquel je m'étais habitué. J'avais emménagé dans son appartement chic de Londres quelques mois après notre rencontre, et j'y vivais depuis cinq ans. Mes amis se moquaient sans cesse de moi, considérant Drew comme mon *sugar daddy* à cause de nos quinze ans d'écart, mais c'était uniquement parce qu'ils étaient jaloux. Drew était sexy et riche, et c'était un homme bien, du moins je le croyais.

Le soir où tout a foiré, j'avais fourni un effort supplémentaire. C'était un vendredi, Drew m'avait envoyé un texto pour me prévenir qu'il rentrerait tôt pour une fois, alors je m'étais arrêté au supermarché en rentrant du boulot et avais acheté les ingrédients nécessaires à la préparation de l'un de ses plats favoris, ainsi qu'une bouteille de son Shiraz préféré. J'avais même acheté des fleurs pour décorer la table. J'avais prévu de discuter et de flirter, comme au bon vieux temps, puis d'emmener Drew au lit et de lui rappeler à quel point c'était agréable, de passer du temps ensemble.

Mais dès qu'il avait ouvert la porte et vu la table dressée, son visage l'avait trahi.

— Oh, Adam.

Son expression inquiète m'avait retourné l'estomac, et les paroles qui avaient suivi n'avaient fait qu'empirer mes craintes.

— Il faut qu'on parle.

Le déni est une chose puissante. Ignorant l'accident de voiture qui se déroulait au ralenti, je m'étais avancé vers lui et l'avais embrassé sur la joue.

— Salut, chéri. Comment s'est passée ta journée ? Je suis content que tu sois rentré à une heure raisonnable. J'ai préparé du bœuf bourguignon. Pourquoi n'irais-tu pas te changer et te mettre à l'aise ?

Je savais que je ne faisais que blablater, mais je n'avais

pas pu m'en empêcher. Si je continuais à parler, je n'aurais pas à écouter ce qu'il avait à me dire. J'avais pu deviner à son expression sinistre que ça n'allait pas me plaire.

— Ce sera prêt dans environ dix minutes...

— Adam, m'avait-il coupé. Viens t'asseoir.

Bon sang. Si j'avais besoin de m'asseoir, ça n'allait vraiment pas être bon. Peut-être qu'il était malade ? J'avais l'estomac noué, l'odeur du dîner me donnant soudain la nausée.

Mon Dieu, faites qu'il n'ait pas de cancer.

Je l'avais laissé me conduire à la table de la cuisine et avais continué à lui tenir la main en lui demandant :

— Qu'est-ce qui se passe ? Qu'est-ce qui ne va pas ?

Ses yeux gris étaient indéchiffrables, mais il avait retiré sa main de la mienne et croisé les bras. Il avait dégluti, la mâchoire serrée, puis dit les derniers mots que je m'attendais à entendre.

— J'ai rencontré quelqu'un d'autre.

Le silence avait été assourdissant alors que je luttais pour comprendre le sens de ses paroles.

— Tu... quoi ? Qui ? Depuis combien de temps ?

— Il s'appelle Danny. Je travaille avec lui. Ça fait plusieurs mois que ça dure.

Il n'avait même pas eu la décence d'afficher un air coupable en exposant son infidélité.

Encore sous le choc, je l'avais regardé fixement. Son visage m'était si familier, pourtant à ce moment-là, c'était comme avoir affaire à un étranger, quelqu'un que je ne connaissais pas du tout.

— Alors, qu'est-ce que tu es en train de me dire ? Que... c'est fini entre nous ?

Il avait haussé les épaules dans son costume parfaitement taillé.

— Je suppose que oui. Cette histoire avec Danny, ça a commencé comme une aventure, un flirt de bureau. Mais c'est avec lui que j'ai envie d'être à présent.

Il n'avait pas ajouté « et pas toi », mais les mots avaient tout de même résonné dans ma tête.

La rage m'avait enflammé, noyant la douleur.

— Eh bien, va te faire foutre.

Je m'étais levé, la chaise s'écrasant sur le sol carrelé.

— Va te faire foutre pour m'avoir trompé alors que j'étais désolé que tu sois éreinté et stressé par ton travail. Je parie que tu étais seulement fatigué parce que tu t'amusais derrière mon dos avec un petit minet ? Je connais ton genre. Est-ce que je suis devenu trop vieux pour toi ? *Daddy* avait-il besoin d'un nouveau jouet ?

La lueur de malaise sur son visage m'avait confirmé que j'avais raison. J'aurais dû le savoir. Il avait toujours été attiré par ma jeunesse. Il voulait que je m'épile le torse, et quand j'avais essayé de me laisser pousser la barbe, il s'était plaint que ça me faisait paraître plus vieux. Mais je ne voulais pas ressembler à un gamin éternellement. J'avais presque trente ans, pour l'amour du Ciel ; j'aimais avoir un peu de barbe sur la mâchoire et quelques poils sur le torse et les bourses.

J'avais ôté la bague en argent de mon doigt, celle qu'il m'avait offerte un an plus tôt quand il m'avait dit qu'il voulait m'épouser. Bizarrement, nous n'avions toujours pas fixé de date. Je supposais qu'il avait d'autres priorités.

Enfoiré.

Je lui avais jeté l'anneau à la figure. Elle avait glissé sur son épaule puis sur le sol de la cuisine, en tournant sous la lumière jusqu'à ce qu'elle se stabilise.

— Je vais faire mes valises.

— Où vas-tu aller ?

— Ce n'est plus vraiment ton problème, pas vrai ?

Ma voix s'était faite glaciale, elle correspondait à la boule de fureur froide dans ma poitrine, là où mon cœur aurait dû être. J'avais besoin de m'accrocher à ma colère jusqu'à ce que je sois dans un endroit sûr. Un endroit où je pourrais évacuer la douleur amère qu'avait fait naître la trahison de Drew.

J'étais sorti en trombe de la cuisine, claquant la porte si fort qu'elle avait fait trembler les charnières.

Dans la chambre, j'avais jeté frénétiquement dans une valise les affaires dont j'avais besoin pour quelques jours, me disant que je pourrais récupérer le reste une fois que j'aurais trouvé quoi faire de ma vie. Mais à cet instant, j'avais juste eu besoin de partir loin d'ici, loin de Drew, loin de l'endroit où nous avions partagé notre vie.

Une fois ma valise prête, j'avais appelé un taxi.

Drew était toujours assis à la table de la cuisine quand j'étais parti. Il avait son téléphone à la main. Je m'étais demandé s'il avait déjà envoyé un message à son nouveau petit ami pour lui dire que la voie était libre.

— Je te contacterai pour récupérer le reste de mes affaires, avais-je déclaré.

Il avait hoché sèchement la tête.

— OK.

Et ce fut tout.

J'étais parti sans dire au revoir, et il n'avait pas essayé de m'arrêter.

Ce n'est que lorsque j'attendais mon taxi sous la pluie que je m'étais rendu compte qu'il ne s'était même pas excusé. C'était le début de l'été, et il faisait doux ce soir-là, mais vêtu d'un tee-shirt et d'un jean qui s'humidifiaient rapidement, j'avais frissonné en attendant, essayant de me réchauffer grâce à la montée d'adrénaline. Combattre ou fuir, et je fuyais.

Quand le taxi était arrivé, j'avais jeté ma valise dans le coffre avant de grimper à l'intérieur. Avachi sur le siège arrière, je m'étais forcé à tenir le coup un peu plus longtemps.

— Où on va, mon pote ? avait demandé le chauffeur de taxi.

Je lui avais indiqué l'adresse du seul endroit où je savais que je serais toujours le bienvenu, où je savais que j'obtiendrais le réconfort dont j'avais besoin, où je serais en sécurité pour me laisser aller à ma douleur.

L'appartement de Finn.

DEUX

FINN

J'étais censé avoir un rencard, mais peut-être que l'univers savait que j'aurais quelque chose de plus important à faire ce soir-là, parce que le type m'envoya balader avec une excuse bidon.

Donc, au lieu d'être dehors, à flirter et peut-être à m'envoyer en l'air, j'étais avachi, seul, sur mon canapé, un pot de glace pour compagnie. Quand on sonna à ma porte, je commençai par l'ignorer. J'étais sous un plaid, en train de regarder *Dirty Dancing* – un film qui ne manquait jamais de me remonter le moral – et n'avais pas envie de bouger.

Lorsque la sonnette retentit une deuxième fois, je me levai à contrecœur. Vêtu seulement d'un boxer et d'un tee-shirt usé, je ne pris pas la peine d'enfiler d'autres vête-ments. S'il s'agissait des Témoins de Jéhovah, ils devraient gérer ma demi-molle après avoir maté les muscles étince-lants et le cul bombé de Patrick Swayze. Peut-être que ça me mettrait sur leur liste noire et qu'ils me laisseraient tran-quille à l'avenir.

Je traversai la salle commune en trottinant, passant

devant les vélos du couple qui vivait à l'étage, et pris mon air le moins amical en ouvrant la porte. Mon meilleur ami, Adam, était la dernière personne que je m'attendais à découvrir. On se voyait au moins une fois par semaine, mais il n'était pas du genre à débarquer à l'improviste. Et pourtant, il était là, sur le pas de ma porte, tremblant comme une feuille.

— Oh, salut, mec. Quoi de neuf ?

Je le serrai dans mes bras mais il ne me répondit pas comme il l'aurait fait en temps normal, et resta raide et mal à l'aise quand je le relâchai.

Adam me fixa, ses yeux sombres semblant hantés dans son visage pâle.

— Je... heu. J'ai besoin d'un endroit où rester. Tu pourrais m'héberger quelques jours ?

Ce fut seulement à ce moment-là que je baissai yeux et me rendis compte qu'il tenait une valise à la main.

C'est quoi ce bordel ?

— Oui, bien sûr.

Pas d'hésitation. Je me couperais le bras droit pour Adam s'il en avait besoin.

— Entre.

Je m'écartai pour le laisser passer. Il franchit le seuil de mon appartement, abandonna sa valise dans le couloir, et se rendit directement dans le salon pour s'affaler sur le canapé. Quand il remarqua le pot de crème glacée, il ricana.

— Eh bien, c'est approprié. Est-ce que tu passes une journée de merde, toi aussi ? Est-ce que tu as assez de glace pour moi ?

Je haussai les épaules.

— Rien de grave. Juste un rencard annulé.

Je l'étudiai. La tension et la colère se dégageaient de lui, mais je pouvais voir la fragilité sous la surface, comme s'il était prêt à craquer. J'allai m'asseoir à côté de lui. Il frissonnait toujours. Je passai le plaid autour de ses épaules et y laissai mon bras, sentant qu'il avait besoin de réconfort.

— Adam. Qu'est-ce qui s'est passé ?

Il prit une profonde inspiration et baissa les yeux sur ses mains avant de répondre :

— C'est fini avec Drew.

Putain. Certes, c'était évident qu'ils s'étaient disputés, avec la valise et tout... mais je ne m'attendais pas à une telle finalité. Et le pire, c'est qu'une petite partie égoïste de moi sautait de joie en entendant ces mots, parce que je n'avais jamais aimé Drew.

Sur le papier, il avait tout de l'homme parfait, et Adam était tombé sous le charme dès leur première rencontre – c'était peut-être pour ça que je le détestais. Avant qu'il rencontre Drew, j'avais espéré qu'un jour, j'aurais une chance avec Adam, parce que j'avais toujours eu le béguin pour lui. Mais non. Drew avait mis un terme à ces fantasmes fous.

Adam souffrait, cependant, et je devais mettre mes sentiments de côté et être l'ami dont il avait besoin.

— Tu es sûr ? demandai-je.

Peut-être que ce n'était pas aussi grave que ça en avait l'air. Si c'était juste une dispute, ils pourraient encore se réconcilier.

— Y a-t-il une chance que tu puisses arranger ça ?

— Non, aucune chance. Il a rencontré quelqu'un

d'autre, et même si ce n'était pas le cas, je refuserais de le reprendre alors qu'il m'a trompé.

— Merde. Je suis désolé.

Il ricana.

— Tu ne vas pas me sortir un « je te l'avais dit » ? Tu n'as jamais été fan de Drew.

Je ne pris pas la peine de le nier. C'était la raison pour laquelle nous avions toujours séparé notre amitié de la relation entre Adam et Drew. Drew et moi n'avions rien en commun à part Adam. Les rares occasions où je m'étais retrouvé en sa compagnie avaient été maladroites et guindées. Drew aimait parler de finance, de politique, de théâtre et de littérature, ce qui me paraissait ennuyeux. J'étais plutôt du genre à parler de sport, de succès au box-office et de fiction. Adam avait le cul entre deux chaises, mais vivre avec Drew l'avait rendu vieux avant l'heure. L'époque où on restait debout toute la nuit à jouer ou à regarder des films de superhéros me manquait.

— Non, répliquai-je fermement. Je ne dirais jamais ça. Mais je dirais que c'est un putain d'idiot qui ne te méritait pas. Tu veux que j'aille lui péter la gueule ?

Je plaisantais. Même si je n'étais pas contre lui asséner une droite, je n'étais pas vraiment du genre violent, à moins que vous ne comptiez les coups de pied dans un sac de frappe à la salle de sport.

— Merci, mec, répondit Adam, essayant de sourire. Je sais que tu as raison, mais ça fait mal.

Je resserrai mon bras autour de lui et il se coula contre moi, se tournant pour enfouir son visage dans mon épaule alors que je l'enveloppais dans un câlin. Un sanglot rauque lui échappa, et le barrage céda. Je le tins contre moi pendant qu'il pleurait, et mes tripes se tordirent alors qu'une colère protectrice me traversait.

Enfoiré de Drew.

Le temps que les larmes d'Adam se tarissent, il était plein de morve. Il finit par reculer.

— Berk, désolé. Je suis dégueulasse.

Il renifla, s'essuyant le nez avec le dos de sa main.

— Ouais, c'est clair. Mais tu as le droit. Laisse-moi aller te chercher des mouchoirs.

Je me rendis dans la chambre et pris des mouchoirs posés à côté du lit, que j'utilisais quand je me branlais. Puis je fis un détour par la cuisine pour récupérer de l'alcool. J'avais bien envie d'un verre, même si Adam n'en voulait pas. Sa détresse était difficile à gérer.

Quand je retournai dans le salon, il remuait la glace avec découragement.

— C'est fondu. Ce n'est plus très appétissant. Tu en as d'autre ?

— Non.

Je lui montrai la bouteille que je tenais dans la main.

— Mais j'ai du Jack Daniel's.

Il m'offrit un faible sourire.

— Ça fera l'affaire.

Je lui tendis les mouchoirs et ouvris la bouteille pendant qu'il se mouchait. Je n'avais pas pris de verres, mais ce ne serait pas la première fois que nous boirions du JD directement à la bouteille. L'une des premières fois où je l'avais rencontré, on s'était bourré la gueule avec ce truc. On avait flirté comme des fous et j'avais espéré prendre mon pied avec lui, mais on avait fini par s'endormir sur un canapé. Cela avait cimenté notre amitié et nous étions les meilleurs amis depuis.

Après avoir pris une gorgée, je lui passai la bouteille, grimaçant lorsque l'alcool me brûla l'estomac.

Adam avala une rasade et je gloussai devant son expression douloureuse.

— Tu veux quelque chose pour le mélanger ? J'ai sûrement du Coca.

— Nan, c'est bon.

Il but une autre lampée avant de me rendre la bouteille.

Nous restâmes assis en silence pendant quelques minutes, nous passant la bouteille à tour de rôle, jusqu'à ce que le bourdonnement entêtant de l'alcool se répande dans mon corps. Quand Adam me la tendit, je secouai la tête.

— J'ai eu ma dose pour l'instant.

Il posa le whisky sur la table avec un bruit sec et se pencha en arrière, fixant le plafond. Je détestais le voir comme ça. Il avait toujours été si plein de vie et si amusant quand nous étions étudiants. Il était le pote parfait, toujours prêt à relever un défi ou à faire la fête.

— Tu sais ce qui est vraiment ironique ? demanda Adam.

Supposant que la question était rhétorique, j'attendis. Il continua, la voix légèrement rauque à cause de l'alcool :

— C'est lui qui a insisté pour qu'on se fiance, et qui voulait qu'on se marie. Je ne me souciais pas tant que ça d'un bout de papier, mais j'ai accepté parce que ça semblait vraiment important pour lui. Heureusement que j'ai découvert avant le mariage que ce connard me trompait.

Puis il gémit.

— Merde. Je ferais mieux d'aller me faire dépister dès

que possible. Même si nous n'avons pas couché ensemble depuis un moment, je préfère être sûr, vu que nous ne mettions plus de capote.

— Ouais.

Je n'avais jamais été en couple assez longtemps pour prendre un tel engagement. Qu'est-ce que ça ferait, d'avoir confiance en quelqu'un à ce point et de voir cette confiance brisée ? Sans réfléchir, je saisis la main d'Adam et la serrai.

— Je suis tellement désolé.

Il serra la mienne en retour.

— Tu n'as pas à être désolé.

— Ouais. Je sais.

Je gardai sa main dans la mienne, et il me laissa faire. J'aurais voulu pouvoir absorber une partie de sa douleur par contact, par osmose.

— Mais j'aimerais pouvoir faire quelque chose pour que tu te sentes mieux.

— L'alcool et la compagnie, c'est bien. Ça aide.

— Ça te dirait de mater un film ? Ça pourrait te distraire.

— Carrément. Un film avec beaucoup d'explosions et pas beaucoup d'intrigue. Ça devrait convenir à mon humeur.

Il émit un petit rire ironique.

— C'est parti.

TROIS

ADAM

Ma main toujours dans l'une des siennes, Finn attrapa la télécommande de l'autre. Le contact était agréable, rassurant, et même si nous tenir la main n'était pas dans nos habitudes, je ne trouvais pas ça bizarre. Nous manifestions notre affection autrement. Nous nous saluions toujours par une accolade et un baiser sur la joue, par exemple, et il nous arrivait de danser ensemble de manière suggestive les rares fois où je sortais en boîte avec lui. Mais se tenir la main était nouveau. Peut-être que Finn avait senti à quel point j'en avais besoin. J'étais en train de sombrer, et il était ma bouée de sauvetage.

Il l'avait toujours été.

Meilleurs amis depuis l'université, nous nous étions soutenus durant le stress des examens, les disputes de couples, les drames familiaux et les deuils. Il était venu me voir, en larmes, le soir où le chien de sa famille avait été piqué, et j'étais allé le retrouver quand ma grand-mère était décédée. Il était la seule personne sur laquelle j'avais toujours su pouvoir compter. Même lorsqu'il était en voyage au bout du monde, ou qu'il vivait au fin fond du pays avant de revenir à Londres, il était toujours celui que j'appelais quand j'étais déprimé et que j'avais besoin d'un ami, ou quand j'avais des nouvelles excitantes à partager.

Il s'installa à côté de moi et fit défiler Netflix.

— Que penses-tu de celui-là ?

La description mentionnait des vaisseaux spatiaux et des aliens, et l'image était celle d'un bâtiment qui explosait.

— Ça a l'air parfait.

Je remarquai ses jambes nues pour la première fois depuis que j'étais arrivé. Auparavant, j'avais été trop absorbé par ma tristesse pour lui prêter attention. Il ne portait qu'un boxer et un tee-shirt, et je ne voulais pas qu'il ait froid. Je m'étais réchauffé à présent, et mes vêtements avaient séché avec la chaleur de mon corps. Je lâchai sa main pour ôter le plaid de mes épaules.

— Tiens.

J'étendis le plaid sur nos genoux, puis repris la bouteille.

Nous regardâmes le film en nous passant mutuellement le Jack Daniel's. Le film était plutôt merdique, une intrigue qui tenait dans un dé à coudre et prétexte à beaucoup de violence et d'effets spéciaux, mais c'était exactement ce dont j'avais besoin. Une évasion temporaire de ma dure réalité. Je n'étais pas prêt à penser à l'impact que la trahison de Drew aurait sur ma vie. L'alcool m'aida aussi, et quand le film se termina, la bouteille était vide et j'étais trop ivre pour me soucier de quoi que ce soit.

Je clignai des yeux devant le générique, j'avais l'impression de sortir de l'eau. Finn était étalé à côté de moi, les pieds sur la table basse, et à un moment donné, je m'étais allongé sur le côté et il avait passé son bras autour de moi. Il était chaud et solide, et mon cœur se serra à ce contact. Je pris soudain conscience que cela faisait longtemps que Drew et moi n'avions pas eu de gestes tendres l'un envers l'autre. Sa réserve aurait dû me mettre la puce à l'oreille que quelque chose n'allait pas – quelque chose de plus flagrant que le fait qu'il soit surmené et fatigué.

— Tu es toujours réveillé ?

La voix de Finn était un profond grondement là où ma tête reposait sur sa poitrine.

— Ouais.

Je ne voulais pas bouger, je ne voulais pas parler. J'avais chaud et j'étais dans une position confortable, et avoir Finn près de moi soulageait la douleur dans mon cœur. Ne pas parler signifiait que je n'avais pas à penser à autre chose qu'au moment présent.

Il bâilla, ses côtes se soulevant, puis donna un coup de pied sur la bouteille vide.

— Putain. Ça va faire mal demain.

— Elle était pleine quand on a commencé ?

J'avais la tête qui tournait.

— Pas tout à fait, environ les trois quarts.

— Aïe.

— Ouais.

Il commença à bouger.

— Désolé, Adam, mais j'ai besoin de pisser. Tu peux me libérer ?

— Bien sûr. Pardon.

Je me redressai afin qu'il puisse se lever, puis m'allongeai sur le canapé. La pièce tourna un peu lorsque je bougeai.

— Ugh.

Je regardai Finn traverser la pièce d'un pas chancelant. Il avait de superbes jambes. Fortes, musclées, parsemées de poils foncés. Son cul était beau aussi, les courbes étaient évidentes dans son boxer bleu moulant. Je fermai les yeux ; reluquer mon meilleur ami n'était pas la meilleure façon de me remettre de la fin d'une relation qui avait duré cinq ans.

Je dus m'assoupir, parce que lorsque j'ouvris de nouveau les paupières, je vis Finn s'asseoir sur le bord du canapé et sentis sa main me tapoter doucement la joue.

— Adam, mon pote. Assieds-toi et bois ça, ensuite on devrait te mettre au lit.

Il tenait une pinte d'eau et sentait le dentifrice.

Je déglutis ; ma bouche était sèche.

— Ouais, OK.

Je me redressai et enroulai mes deux mains autour du verre froid. L'eau se répandit en vrilles fraîches dans mon système sanguin, diluant l'alcool et m'éclaircissant l'esprit.

— Merci.

J'essuyai ma bouche avec le dos de ma main.

Finn prit le verre et le posa sur la table.

— Va te laver les dents et te rafraîchir. Je vais déplier le canapé-lit.

Me remettre debout fut compliqué, mais j'y parvins. Je fouillai dans ma valise pour trouver ma trousse de toilette et me rendis dans la salle de bains de Finn. Après avoir pissé, je me brossai les dents, puis me rinçai la bouche et crachai. Alors que je levais la tête, la pièce bascula autour de moi. Je m'agrippai au bord du lavabo et observai mon reflet dans le miroir. Ma peau normalement claire était d'une pâleur fantomatique dans la lumière crue, ma chevelure roux foncé était la seule touche de couleur sur les carreaux blancs. Les cernes violets sous mes yeux auraient pu faire penser que j'avais été tabassé. J'avais d'ailleurs l'impression que c'était le cas. Je clignai des paupières, luttant contre une vague de douleur alors que Drew venait envahir ma conscience. Je repoussai ces images, ne voulant pas y faire face dans l'immédiat.

De retour dans le salon, Finn avait déplié le canapé-lit. Par expérience, je savais que ce n'était pas la chose la plus confortable du monde, ayant parfois dormi dessus après une nuit passée à boire ou en boîte. Mais j'étais trop déprimé pour m'en soucier.

Finn était penché en avant, s'y prenant maladroitement avec le drap. Je me surpris à mater son cul à nouveau et détournai le regard quand il se tourna vers moi.

— Tu me files un coup de main avec la housse de couette ? Je n'y arriverai jamais tout seul après avoir bu autant d'alcool.

La housse de couette était un test. Après quelques discussions à propos de la technique – il préférait la méthode consistant à commencer par l'envers, ce qui ne me convainquait pas – il remporta la bataille. Avec difficulté nous parvînmes enfin à mettre la couette dans la housse.

Une fois posée sur le canapé-lit, Finn se laissa tomber dessus avec un gémissement, à plat sur le dos, les mains sur le visage.

— Bon sang, ça ne devrait pas être si difficile. Un jour, quelqu'un va inventer une machine à enfiler les housses de couette et il sera millionnaire.

— Je pensais que c'était censé être mon lit.

Je le regardai fixement.

— Ouais. Je vais bouger dans une minute.

Haussant les épaules, je me déshabillai, ne gardant que mon boxer, et me mis au lit. Il y avait juste assez d'espace pour moi à côté et lui, une masse lourde sur les couvertures. Mes paupières se fermèrent dès que je m'allongeai, l'épuisement dû à un trop plein d'alcool et d'émotion m'écrasant. J'étais sur le point de m'assoupir quand Finn commença à ronfler.

— Finn.

Je lui donnai un coup dans les côtes.

— Va dans ton lit, ou au moins sous la couette, si tu as la flemme de bouger.

Il gémit, mais se leva.

— J'y vais. Bonne nuit.

— Bonne nuit, marmonnai-je.

Il éteignit en sortant, me plongeant dans une obscurité totale, et la dernière chose que j'entendis fut le claquement de la porte de sa chambre, puis je m'endormis.

QUATRE

FINN

Je me réveillai avec la joue collée à l'oreiller où j'avais bavé pendant la nuit. Un rayon de soleil traversait les rideaux, me donnant l'impression qu'on m'enfonçait un couteau dans le crâne, et mon pouls battait si fort que ma tête palpitait.

Mais qu'est-ce que j'avais fait hier soir ?

Je me retournai sur le dos et essayai d'avaler ma salive pour soulager ma gorge desséchée. En levant la tête je gémis quand je vis que le verre d'eau près de mon lit était vide. Bien que je sois réticent à bouger, le besoin de m'hydrater l'emporta sur l'inertie.

Je titubai dans le salon en direction de la cuisine. Avec les rideaux tirés, il faisait presque noir, et dans mon état de demi-sommeil et de gueule de bois, je ne remarquai pas que le canapé était déplié jusqu'à ce que je le heurte.

— Putain !

Un corps dans le lit grogna, et les événements de la nuit précédente se rappelèrent à moi en flashs disjoints : Adam se présentant sur le pas de ma porte, Adam pleurant dans mes bras, du Jack Daniel's. Beaucoup de Jack Daniel's. Eh bien, ça expliquait l'état dans lequel j'étais ce matin.

De l'eau.

Pareil à un zombie reniflant la cervelle, je contournai le canapé-lit et poussai la porte de la cuisine. La lumière du jour m'assaillit. En plissant les yeux, j'atteignis l'évier, remplis d'eau l'un des verres de la veille et la bus avec reconnaissance. Puis je pris du paracétamol dans le placard et en avalai deux.

Après avoir satisfait mon besoin urgent de liquide et d'analgésiques, je mis la bouilloire en marche et sortis les tasses, le café et la cafetière. Deuxième besoin de la journée : la caféine.

Une fois le nectar prêt, je posai les deux tasses fumantes sur un plateau, accompagnées d'un autre verre d'eau et de paracétamol pour Adam, puis retournai dans le salon. Faisant attention où je mettais les pieds, je posai le plateau sur la table basse avant d'aller ouvrir un peu les rideaux – juste assez pour laisser filtrer suffisamment de lumière pour que je puisse voir ce que je faisais.

Adam émit un bruit rauque. À part la bosse formée par son corps sous la couette, la seule partie de lui qui était visible était ses cheveux. Un rayon de soleil les frappa, transformant le rouge profond en cuivre vif.

— Tu es vivant ? demandai-je.

Un grognement.

— J'ai apporté de l'eau, des analgésiques et du café.

À ce moment-là, Adam se retourna et ouvrit les paupières. Il avait l'air aussi mal en point que je l'étais. Il fronça les sourcils, puis embrassa la pièce du regard. Quand ses yeux se posèrent sur sa valise abandonnée dans un coin, son visage s'assombrit.

— Putain, gémit-il.

— Ouaip. « Putain » résume assez bien la situation.

Il se redressa, s'appuya contre le dossier du canapé. Avec son torse nu et ses cheveux hirsutes, il était beau, malgré son air légèrement blasé.

— De l'eau ? demanda-t-il pathétiquement, en faisant un geste de la main.

Je pris le verre ainsi que les cachets, et les lui donnai.

— Comment est-ce que tu te sens ce matin ? demandai-je pendant qu'il buvait en avalant le cachet.

— Physiquement ou émotionnellement ? répondit-il quand le verre fut vide.

— Les deux, je suppose.

Il soupira.

— Putain, c'est horrible. Mais au moins, la gueule de bois va se dissiper. OK, je suis prêt pour ce café.

Je le lui tendis, puis m'assis sur le lit à côté de lui. Il prit sa tasse dans ses deux mains et avala une gorgée.

— Ça va t'aider.

Je résistai à l'envie de lui dire encore une fois que j'étais désolé.

— Tu peux rester ici aussi longtemps que tu en auras besoin.

— Merci, mec. J'essaierai de trouver une solution rapidement, pour ne plus être dans tes pattes. Ugh. Rien que de penser à la logistique à la suite de ma rupture me fait mal à la tête. Je dois récupérer mes affaires chez Drew, trouver un lieu de stockage, dénicher un nouvel appartement... J'imagine que le fait de devoir me concentrer sur les choses pratiques va me tenir occupé. C'est positif, pas vrai ?

— Peut-être.

J'avalai une gorgée de café.

— Mais honnêtement, il n'y a pas d'urgence. Ça ne me dérange pas de t'avoir ici.

Au contraire. Même si nous avions réussi à maintenir notre amitié pendant qu'il était avec Drew, c'était parfois difficile. Je n'avais jamais apprécié le fait que Drew exige de savoir ce qu'Adam faisait de son temps. Mon coéquipier, mon meilleur ami me manquait, et je détestais que fréquenter Drew l'ait changé. C'était comme si on avait aspiré tout le plaisir qu'il y avait en lui. Il passait tellement de temps à s'inquiéter d'être trop jeune pour Drew, et à vouloir que ce dernier le prenne au sérieux. C'était comme s'il avait vieilli de dix ans quand ils étaient ensemble. Peut-être que maintenant j'allais retrouver mon Adam. Celui qui pensait que devenir adulte était surfait, et qui savait rire.

— Tu peux me prêter une feuille et un stylo ? demanda-t-il.

— Ouais, bien sûr.

Je me levai et fouillai dans le tiroir du bureau.

— Tiens.

Je lui tendis un bloc-notes et un stylo bille, et me rassis.

— J'ai besoin de dresser une liste de tous les trucs que j'ai à faire.

Je sirotai mon café et le regardai écrire tout en marmonnant pour lui-même :

— Test de dépistage, je veux m'en débarrasser rapidement ; commencer à chercher un appartement ou une chambre ; aller chercher d'autres affaires chez Drew ; faire du tri. Putain, je vais probablement devoir louer une camionnette pour tout déménager.

— Tu peux sûrement laisser certaines de tes affaires sur place jusqu'à ce que tu trouves un appartement ? suggérai-je.

— Ouais. Je pense que oui.

— Je peux te conduire là-bas aujourd'hui pour prendre ce dont tu as besoin pour quelques semaines pendant que tu réfléchis à ce que tu vas faire sur le long terme.

Adam n'avait pas de voiture, il avait partagé celle de Drew.

— Oui, bonne idée. J'ai vraiment besoin de plus de vêtements.

Il posa sa liste et avala la dernière gorgée de son café. Il soupira.

— Je pense que je vais peut-être en finir avec le test de dépistage ce matin. Avec un peu de chance, ce sera une chose en moins dont j'aurai à me soucier, puis nous pourrons aller récupérer certaines de mes affaires cet après-midi.

— Tu veux que je vienne à la clinique avec toi ?

— Non.

Il me jeta un coup d'œil et sourit.

— Je suis un grand garçon. Je peux m'en occuper. Ce ne sera pas ma première fois, même si je n'y suis pas allé depuis un moment.

Son sourire disparut.

— Je ne pensais pas en avoir besoin.

Je frappai doucement mon genou contre le sien, en signe de soutien, puis déclarai :

— Une fois que ma gueule de bois sera passée, je vais aller faire des courses. Tu as besoin de quelque chose ?

— Hum. Je ne crois pas. Choisis ce que tu prends en temps normal et je paierai la moitié, d'accord ?

— OK.

Il sortit du lit et s'étira en gémissant. Je ne pus m'empêcher d'admirer les muscles minces de son dos. Cette nuit d'ivresse me semblait toujours être une occasion manquée. Depuis lors, nous n'avions jamais été célibataires en même temps, et nous avions fini par être fermement dans la *friendzone* de l'autre. Il m'était arrivé de me demander si je pouvais aller plus loin, mais j'avais craint de gâcher notre relation. Et puis il s'était mis en couple avec Drew et j'avais regretté de m'être retenu.

Adam enfila son jean de la veille et sortit son téléphone de sa poche. Il le déverrouilla et le fit défiler, puis fixa l'écran avec attention.

— Oh merde.

— Qu'est-ce qu'il y a ?

— Avec toute cette histoire, j'avais complètement oublié... Drew et moi étions censés partir en vacances ensemble samedi prochain. J'ai fait la réservation il y a seulement deux semaines, c'était une impulsion tardive pour fêter mon augmentation de salaire, et je l'ai poussé à accepter. Putain de merde. J'avais vraiment hâte d'y être, et je vais devoir annuler. Je parie qu'il est trop tard pour se faire rembourser la plupart des frais, mais je ne veux pas y aller seul. À moins que...

Il leva les yeux vers moi.

— Tu pourrais venir avec moi ?

Son visage était plein d'espoir, ses yeux brillaient de

quelque chose ressemblant davantage à de l'excitation plutôt qu'à de la tristesse, contrairement à quelques minutes auparavant. J'aurais accepté n'importe quoi pour qu'il garde cette expression.

— Je peux probablement modifier le deuxième nom sur la réservation. On devra peut-être payer pour le changer sur les billets d'avion. Mais...

— Bien sûr, répondis-je sans hésiter.

En tant que travailleur indépendant, je pouvais adapter mon emploi du temps à mes besoins et même bosser de là-bas si nécessaire.

— Alors, heu, où allons-nous ?

Il sourit, et ce fut comme le soleil traversant les nuages.

— En Espagne. Dans une station balnéaire gay sur la côte méditerranéenne.

— Génial. Comment est-ce que tu as réussi à convaincre Drew d'accepter ? Je pensais qu'il était plutôt du genre à visiter des musées et galeries d'art.

— J'en sais rien.

Puis le visage d'Adam s'assombrit.

— Peut-être qu'il n'avait pas prévu de venir ?

— Peu importe, l'interrompis-je rapidement, ne voulant pas que l'humeur d'Adam s'assombrisse. Tant pis pour lui, parce que désormais, c'est moi qui pars avec toi. Et on va passer un super moment. Quel meilleur moyen pour oublier Drew que le soleil, la mer, le sable et baiser avec des mecs sexy ? Parce que je suis sûr qu'il y aura beaucoup de choix.

J'étouffai aussitôt l'étincelle de jalousie à l'idée qu'Adam se console avec un Espagnol canon. Il avait besoin de guérir son ego meurtri et son cœur brisé, et j'étais l'homme idéal pour l'aider.

— Oui, tu as raison, répondit Adam, d'un air déterminé. Je n'ai pas besoin de Drew. C'est un connard qui ne me méritait pas, et ces vacances sont idéales pour me rappeler qu'il y a plein d'autres poissons dans l'océan. Je vais appeler l'agence de voyage aujourd'hui et voir ce qu'il faut faire pour remplacer son nom par le tien.

— Génial.

Je souris.

— Oh. J'ai réservé une chambre double par contre, donc on devra probablement partager un lit.

Nous avions souvent dormi ensemble après être sortis en boîte. Du moins, jusqu'à ce que je récupère le canapé convertible quelques années plus tôt – et j'avais alors découvert que partager mon lit avec Adam me manquait plus que je ne l'aurais souhaité. L'idée de dormir de nouveau avec lui en vacances me rendait un peu nerveux, en fait. Maintenant qu'il était à nouveau célibataire, il serait peut-être plus difficile de maîtriser mes sentiments, mais j'avais des années d'expérience. Je pouvais y arriver.

— Pas de problème, répondis-je. Ce sera comme au bon vieux temps.

Il sourit.

— C'est vrai. Ce ne sera pas la première fois, pas vrai ? Tu te souviens de la fois où on a partagé un sac de couchage après cette fête à Oxford ? OK. Je vais commencer à passer des appels.

CINQ

ADAM

Heureusement, le test de dépistage s'avéra négatif le samedi matin, donc au moins je n'avais rien de sinistre pour me souvenir de Drew.

Le samedi après-midi, je lui envoyai un SMS pour lui demander en termes clairs de s'éclipser pendant que je récupérerais mes affaires. Je ne voulais pas avoir à le regarder en face, et vu les vibrations protectrices que Finn dégageait, j'étais persuadé qu'il valait mieux qu'ils ne se croisent pas non plus. Je remplis plusieurs sacs de vêtements dont j'allais avoir besoin pour les prochaines semaines, y compris des fringues adaptées à une semaine au soleil, puis rangeai le reste de mes affaires et les laissai dans la chambre d'amis de l'appartement de Drew. C'était étrange de voir à quelle vitesse j'en étais venu à penser que c'était à nouveau son appartement. Quand j'avais emménagé, il m'avait fallu des mois pour m'habituer au fait que c'était le nôtre. Peut-être que c'était un signe que je n'aurais jamais dû m'y installer en premier lieu.

Je me tenais dans le salon, jetant un dernier coup d'œil

pour vérifier qu'il n'y avait rien d'autre à emporter. Avant même d'emballer mes affaires, il n'y avait pas grand-chose dans le salon qui montrait que j'y vivais. Drew aimait bien le style minimaliste. En observant objectivement la pièce, je me rendis compte qu'elle semblait austère et hostile, rien à voir avec le joyeux désordre de l'appartement de Finn.

— Tu es prêt à partir ? demanda ce dernier en se postant à côté de moi.

— Ouais.

Et d'une manière étrange, c'était le cas.

Alors que nous prenions l'ascenseur avec les derniers sacs, mon cœur était lourd, mais il n'était pas brisé. Je savais que j'allais m'en sortir.

LES JOURS suivants se déroulèrent dans un flou d'activités. Rester occupé m'empêchait de me morfondre à propos de Drew, et la colère que j'éprouvais face à la façon dont il m'avait traité m'aida à rester fort. Je refusais de gaspiller davantage de larmes pour un homme qui m'avait rejeté pour un type plus jeune, après m'avoir demandé de l'épouser. J'étais un tourbillon d'énergie, et durant mes journées de boulot, je profitais de chaque moment libre pour essayer d'organiser les vacances. Changer la réservation au nom de Finn ne fut pas trop difficile. La seule partie délicate était le vol. Nous y étions finalement parvenus après avoir payé des pénalités qui avaient coûté presque autant que le billet lui-même, mais au moins c'était fait.

Finn était également très occupé. Il bossait tard le soir pour essayer d'avancer dans son travail de conception en free-lance afin de pouvoir se détendre pendant notre absence.

Le jeudi soir, tout était prêt pour le voyage, et j'étais en train de déambuler dans l'appartement de Finn, incapable de me concentrer sur quoi que ce soit. Lui travaillait à la table du salon. Je ne voulais pas allumer la télé pour ne pas le déranger, mais je n'arrivais pas à rester tranquille.

— Peut-être qu'on devrait commencer à faire nos bagages ? proposai-je.

Il leva les yeux de son ordinateur portable.

— Je ferai les miens demain soir. Ce ne sera pas long. Je dois terminer cette brochure, sinon je vais devoir bosser dans l'avion. J'espérais pouvoir laisser mon ordinateur portable à la maison.

— OK, désolé. Je devrais arrêter de te distraire.

J'étais conscient de la petitesse de son appartement. Avec seulement une chambre, un salon, une cuisine et une salle de bains, nous étions l'un sur l'autre.

Il me lança un sourire en coin.

— Ouais, toute cette agitation dans ma vision périphérique est un peu déconcertante, pour être honnête.

— Je vais aller courir un peu. Ça va m'aider à brûler de l'énergie.

— Bonne idée.

Il reporta son attention sur son écran.

À part mon costume pour le travail et mes chemises qui avaient besoin d'être suspendus, mes vêtements étaient encore dans ma valise et dans quelques sacs dans son salon. Je dénichai celui contenant mes vêtements de sport et commençai à me déshabiller, dos à Finn. Mon short de course avait une doublure intégrée, alors je me dévêtis complètement avant de l'enfiler et de le remonter.

— Quelle est la meilleure direction pour courir d'ici ?

Je me tournai vers Finn, mon tee-shirt dans les mains, et le surpris en train de me regarder. Il détourna rapidement les yeux vers son ordinateur, mais c'était trop tard, et la rougeur révélatrice sur ses joues ne fit que confirmer mes soupçons.

— Tu matais mon cul ? le taquinai-je en enfilant mon haut.

Il rougit de plus belle.

— Ouais, ben... c'était juste là. Je pouvais difficilement le manquer.

Ça ne me dérangeait pas. Après avoir été rejeté par Drew, mon ego avait besoin d'être boosté, mais la gêne de Finn était intéressante. Il n'était pas facile à mettre en boîte d'habitude.

Il se racla la gorge.

— Donc, bref. Ça dépend jusqu'où tu veux aller. En temps normal, je cours vers le parc, puis j'en fais le tour une ou deux fois.

— Ça a l'air parfait.

Après avoir lacé mes chaussures de course, je vérifiai la carte sur mon téléphone. Cela semblait assez simple, alors je décidai de ne pas prendre mon portable.

— OK, on se voit plus tard. Bon courage pour le boulot.

— Bon courage pour la course.

Dans les rues de Londres, c'était une chaude soirée d'été, et le ciel s'assombrissait alors que le crépuscule tombait. Le rythme de la course m'apaisa. Lorsque j'atteignis le parc, je me sentais détendu par l'effort physique. Je dépassai plusieurs autres coureurs, les saluant d'un signe de tête. Je finis par faire trois fois le tour du parc avant de rentrer, et quand j'atteignis la porte de Finn, il faisait presque nuit.

Je m'étirai dehors pour détendre mes muscles, puis entrai avec le double de la clé qu'il m'avait donnée. J'étais encore trempé de sueur, alors j'enlevai aussitôt mon tee-shirt et essuyai l'humidité sur mon visage et mon cou.

— Salut, déclarai-je en pénétrant dans le salon.

Finn était désormais sur le canapé devant la télé allumée, une bière à la main.

— Je suppose que tu as fini de bosser ?

— Oui, répondit-il en souriant. Tu veux une bière ? Il y en a encore dans le frigo.

— Je vais me doucher d'abord. Je suis dégoûtant.

Son regard glissa vers mon torse, et l'espace d'un instant, j'eus l'impression qu'il me matait à nouveau. C'était probablement mon imagination. Notre relation avait toujours été platonique, alors c'était forcément le cas. J'étais juste célibataire et seul, et ça m'embrouillait la tête. Finn était mon ami, rien de plus.

— Ouais, tu es assez crade, répondit-il en fronçant le nez. Va te laver et rejoins-moi après.

Je sortis quelques vêtements et les emmenai avec moi dans la salle de bains. Finn s'était suffisamment rincé l'œil.

Alors que je me tenais sous le jet d'eau chaude, ôtant la sueur, je me surpris à penser au regard de Finn que j'avais vu plus tôt, pas une, mais deux fois. Le souvenir de ses yeux glissant sur mon corps fit picoter ma peau et durcir mes tétons. Cela faisait longtemps que je ne m'étais pas senti attirant. Je ne doutais pas de mon charme, mais dernièrement, mes relations sexuelles avec Drew avaient été loin d'être satisfaisantes. J'avais oublié ce que c'était que de se sentir désiré. Certes, j'étais un beau mec, et j'avais parfois remarqué les regards admiratifs de la part d'inconnus, mais ce n'était pas pareil. Finn me connaissait, et son attention signifiait quelque chose.

Je tendis la main pour laver mon sexe qui s'épaissit dans ma paume, et d'une certaine manière, le savonnage se transforma en caresse. Me branler était la dernière chose à laquelle j'avais pensé depuis ma rupture avec Drew, samedi. À présent, il semblait que ma libido s'était réveillée à nouveau.

Est-ce que ce serait mal de penser à mon meilleur ami pendant que je me masturbais ?

Peut-être pas mal, mais probablement déconseillé, surtout que nous allions partager une chambre d'hôtel – et un lit – pour la semaine à venir. Pourtant, alors que je caressais mon membre, cherchant à jouir, je ne pouvais m'en empêcher. Finn était sexy. Le cliché du type grand et beau gosse. Il m'avait plu dès notre première rencontre, et il y avait eu une nuit où je m'étais demandé s'il allait se passer quelque chose entre nous, mais c'était il y a des années et nous étions assez ivres. Depuis, je n'avais jamais pensé à lui autrement que comme un ami. Pourtant, maintenant que je laissais libre cours à mon imagination, je me demandai pourquoi nous n'avions jamais couché ensemble. Peut-être que notre amitié avait toujours été plus importante.

La vision de ses mains sur moi, de sa bouche sur moi, et de Finn en train d'écarter mes jambes pour s'enfoncer en moi, tournait dans mon esprit telle une bande-annonce porno. J'étais incapable de faire taire mon fantasme. Je jouis, en réprimant un gémissement, me tenant fermement contre le carrelage d'une main tandis que l'autre agrippait ma queue palpitante.

Alors que l'orgasme s'évaporait, Finn s'évanouit de mon esprit tandis que mon sperme s'écoulait dans la bonde.

Je secouai la tête et émis un petit rire gêné, m'en voulant de m'être caressé en pensant à mon meilleur ami.

Plus vite je baiserai avec un mec en vacances, mieux ce sera.

SIX

FINN

— Viens m'aider à décider quelles chemises prendre ! criai-je à Adam qui était dans le salon en train de préparer sa valise.

Il me rejoignit et s'appuya contre le chambranle de ma porte en inspectant les chemises que j'avais étalées sur le lit.

— La blanche avec les petits diamants bleus t'ira très bien une fois que tu seras bronzé, déclara-t-il. Et la bleue avec l'imprimé hirondelle est très jolie aussi.

— Est-ce que deux chemises suffiront ?

— Si tu prends plein de tee-shirts aussi.

— Ouaip, c'est prévu.

Je fis un geste vers la pile d'affaires pliées qui attendaient d'être mises dans la valise.

— Un paquet de trente préservatifs ? C'est ambitieux, gloussa Adam. On ne part que pour une semaine.

— Ils étaient en promotion. Quoi qu'il en soit, c'est mieux d'être préparé.

Je commençai à ranger mes vêtements dans ma valise

ouverte. Les préservatifs en premier, suivis d'une bouteille de lubrifiant et de quelques sachets de lubrifiant de poche.

— J'espère que tous ces gars avec qui tu prévois de coucher auront leur propre chambre, sinon je vais finir par dormir dans la baignoire.

— Nan, tu seras en train de baiser quelqu'un d'autre. Il est temps de te remettre en selle.

Je lui fis un sourire.

— Je suppose.

Adam n'avait pas l'air très enthousiaste.

— Allez. Ça te fera du bien de t'envoyer en l'air. Un peu de plaisir sans contraintes et sans complications, c'est exactement ce dont tu as besoin. Il faut que tu oublies Drew.

Je combattis une petite poussée de malaise à cette idée.

— Je ne suis pas sûr que ce soit une stratégie valable.

— Si, ça l'est.

Je rangeai les tee-shirts, et ajoutai quelques sous-vêtements.

— Mais tu sais que je suis nul pour draguer les mecs. Toi, tu es doué pour flirter. Moi Je suis tout maladroit et je les fais fuir.

C'était vrai. Adam avait une attitude distante qui décontenançait certains gars. Je savais que ça venait de sa timidité et de son manque d'assurance. Il donnait parfois l'impression d'être antipathique alors que ce n'était pas son intention.

— Eh bien, tu as de la chance de m'avoir comme coéquipier, pas vrai ? Je vais t'aider. Chasser à deux est toujours plus facile.

— Peut-être, soupira Adam. OK, je vais retourner à mes bagages.

EXCITÉ à l'idée de voyager, je me réveillai constamment pour regarder l'heure, et quand mon réveil sonna finalement à cinq heures et demie, j'avais la sensation de ne pas avoir dormi du tout. L'enregistrement n'ouvrait pas avant huit heures à Heathrow, mais Adam était paranoïaque à l'idée d'être en retard, et j'étais prêt à lui faire plaisir pour être tranquille. De plus, je ne voulais pas non plus risquer de manquer le vol.

Lorsque je pénétrai dans le salon, le canapé-lit était plié et je trouvai Adam dans la cuisine en train de servir du café. Il était déjà habillé, et avait fière allure dans un jean et un tee-shirt gris qui épousait parfaitement son torse.

— Tiens.

Il me tendit une tasse.

— Tu es le meilleur, répondis-je, en la prenant avec reconnaissance.

Il sourit.

— Je sais comment tu es avant d'avoir eu ta dose de caféine. Crois-moi, c'est aussi pour mon bien.

Je ricanai, mais il avait raison.

Nous prîmes un café et deux tranches de pain grillé chacun, puis terminâmes nos derniers bagages avant de partir.

Le métro était calme à cette heure matinale, et nous ne croisâmes que quelques touristes ainsi que ceux qui rentraient de leur travail de nuit.

Nous étions assis l'un en face de l'autre, et comme

Adam jouait à un jeu sur son téléphone, j'en profitai pour l'admirer. Ses cheveux étaient d'une couleur magnifique. Il s'en était toujours plaint, souhaitant qu'ils soient bruns au lieu d'être roux, mais je les aurais échangés contre les miens sans hésiter. Ils avaient cette nuance inhabituelle de roux profond que l'on voyait rarement, et elle complétait parfaitement sa peau pâle et ses yeux marron foncé.

À L'AÉROPORT D'HEATHROW, il n'y avait pratiquement pas de file d'attente au dépôt des bagages, mais il nous fallut un certain temps pour passer la sécurité. Pendant que nous faisions la queue, nous observâmes les autres voyageurs, en essayant de deviner si certains d'entre eux se rendaient au même endroit que nous.

— Ce couple à trois heures, déclarai-je en me penchant pour pouvoir murmurer à l'oreille d'Adam. Le *bear* sexy et le mec mignon avec lui. Je parie qu'ils vont là où nous allons.

Adam regarda dans la direction que j'avais indiquée. Le couple en question se tenait juste un peu plus près l'un de l'autre que ne le feraient deux hétéros, mais il fallait un bon *gaydar* pour le repérer. Le *bear* dit quelque chose au petit gars et ils rigolèrent, l'affection se lisant sur leurs visages.

— Ouais, peut-être.

— Et ce groupe là-bas, c'est sûr.

Je fis un signe de tête vers quatre mecs qui avaient l'air d'avoir notre âge, voire un peu plus jeunes. L'un d'eux avait des cheveux roses et portait un tee-shirt avec un signe d'égalité arc-en-ciel sur le devant, et un autre avait un short en jean extrêmement court montrant de longues jambes minces et bronzées.

— Yep.

Adam gloussa.

— Eux, c'est certain. Bon sang, le type aux cheveux roses est mignon, même si ce n'est pas mon genre.

Ce dernier parlait avec animation à l'un de ses amis. La barbe foncée sur sa mâchoire prouvait qu'il avait dû se décolorer les cheveux à de nombreuses reprises pour obtenir une couleur aussi brillante. Il était mignon. Il avait des fossettes quand il souriait et il était petit et bien foutu, un peu comme Tom Daley, à part la couleur de cheveux. Comme s'il avait senti nos regards sur lui, il leva les yeux, croisa ceux d'Adam et sourit. Puis il porta son attention vers moi et se détourna rapidement. Je me rendis compte trop tard que je le regardais fixement.

— Ouais, il l'est, dis-je, en essayant de ne pas être un connard possessif.

Adam était mon ami, pas mon petit ami. J'étais censé l'aider à s'envoyer en l'air, pas à faire fuir les mecs.

UNE FOIS LA SÉCURITÉ PASSÉE, nous prîmes un café et des muffins, puis trouvâmes des sièges dans le hall principal. J'adorais regarder les autres passagers s'affairer. L'aéroport était un merveilleux *melting pot* de nationalités et de cultures. Après avoir mangé, nous flânâmes un moment dans les boutiques. Nous achetâmes des bouteilles d'eau pour remplacer celles que nous avions jetées lors du contrôle de sécurité, et je pris un magazine de jeux pour me distraire pendant le vol.

— Quelle heure est-il ?

Adam sortit son téléphone pour répondre à sa propre question.

— Oh, on embarque dans une demi-heure. Peut-être qu'on devrait rejoindre la porte d'embarquement.

Je haussai les épaules.

— Ou on pourrait y aller dans une demi-heure.

Le visage d'Adam était pincé.

— Je suppose.

— Arrête de stresser. On ne va pas rater l'avion. Mais je dois aller aux toilettes de toute façon, alors allons dans cette direction.

Tout pour lui faire plaisir. Je me souvins qu'Adam était un voyageur anxieux. Lorsque nous avions pris l'avion pour le Portugal pour des vacances bon marché après la remise des diplômes, j'avais dû le gaver d'alcool pour qu'il se détende avant l'embarquement. Au moins, il semblait un peu moins nerveux cette fois-ci, mais peut-être déplaçait-il sa peur de l'avion sur celle d'être en retard.

En attendant à la porte d'embarquement, je remarquai un mouvement du coin de l'œil et me rendis compte que la jambe d'Adam tressautait. Il n'avait pas l'air d'en être conscient.

— Hé.

Je lui donnai un coup de coude.

— Tu vas bien ?

— Ouais.

Son visage disait le contraire.

— Je déteste juste l'attente. J'irai mieux une fois qu'on aura décollé.

Je sortis le magazine de jeux ainsi qu'un stylo de mon sac.

— Tiens. Aide-moi à faire un sodoku. Ça te changera les idées.

Il se rapprocha de moi et je le laissai résoudre le sudoku pendant que j'écrivais les réponses pour lui. Au moment où ils appelèrent nos numéros de sièges pour embarquer, Adam semblait plus détendu.

Dès que nous fûmes installés et que nos bagages à main furent rangés, j'ouvris à nouveau le magazine.

— Tu veux en faire un autre ?

— Oui, merci.

Il sourit avec reconnaissance.

Nous commençâmes un autre sudoku et continuâmes jusqu'à ce que l'avion commence à rouler sur la piste. La jambe d'Adam s'agita à nouveau, mais il resta concentré sur le sodoku jusqu'à ce que les moteurs commencent à rugir et que l'avion prenne de la vitesse. À ce moment-là, il se rencogna dans son siège, agrippa les accoudoirs si fort que ses jointures devinrent blanches et ferma les yeux. Mais dès que nous sentîmes l'avion s'envoler, il rouvrit les paupières et me sourit.

— On est en l'air !

— Ouaip, répondis-je. C'est drôle comment ça marche.

— Tais-toi. C'est un miracle à chaque fois.

Il se pencha au-dessus de moi pour regarder par le hublot.

— Ouah.

Je pouvais sentir l'odeur de son eau de Cologne et la chaleur de sa peau.

— Ce n'est pas un miracle. Juste de la science. Maintenant, dégage de ma vue. Tu as dit que tu ne voulais pas du siège côté hublot.

— Désolé.

Il se rassit.

— Mon Dieu. Je suis si soulagé d'être dans les airs. L'atterrissage ne me dérange jamais autant que le décollage. À présent, je peux enfin me sentir excité à propos des vacances.

— Vraiment ?

Je souris, soulagé par son changement de comportement.

— Ouais. Ça va être génial de passer du temps avec toi. J'ai hâte.

Il avait l'air vraiment heureux pour la première fois depuis une semaine, et ça me rendait heureux également.

— Moi aussi.

SEPT

ADAM

L'atterrissage fut très doux, heureusement. J'étais toujours soulagé de regagner la terre ferme après un vol. Finn semblait avoir perçu ma nervosité alors que nous commencions à descendre et m'avait distrait avec des mots croisés.

À travers les hublots, le ciel était d'un bleu sans nuage, ce qui était de bon augure pour notre semaine au soleil.

Il ne fallut pas longtemps pour franchir le contrôle de sécurité et récupérer nos bagages, et rapidement, nous montâmes dans le car en direction du club.

— Hé regarde, je te l'avais dit ! murmura Finn à mon oreille, en montrant subrepticement le *bear* et son compagnon que nous avions vus à Heathrow.

— Et il y a aussi le mec aux cheveux roses, répondis-je en l'apercevant avec ses amis. Excellent. Ils ont l'air sympas.

Finn acquiesça.

Des hommes de tous âges attendaient avec leurs sacs à l'arrêt de bus. Certains étaient manifestement en couple, se tenant la main ou prenant des selfies pour marquer le début de leurs vacances ensemble. D'autres étaient en groupes. Entouré de ma tribu, j'avais l'impression d'être dans une boîte gay, sans la danse et l'alcool, mais j'étais sûr qu'il y aurait de quoi faire au club pour ceux qui aimaient faire la fête. Cela allait être merveilleux de passer une semaine dans un endroit où personne ne nous jugerait ni ne nous regarderait avec mépris parce que deux hommes se témoignent de l'affection dans un lieu public.

J'avais toujours aimé fréquenter les espaces gays pour cette raison, mais ce n'était pas le cas de Drew. Il n'appréciait pas le milieu gay. À l'inverse de moi, il trouvait ça plus étouffant que libérateur. Il aurait détesté cette ambiance et aurait passé toute la semaine à râler et à me gâcher les vacances. Je jetai un coup d'œil à Finn et souris, soudain content qu'il soit là avec moi au lieu de Drew.

— Qu'est-ce qui te fait sourire ? demanda-t-il.

— Oh, je me dis juste que cette semaine va être fabuleuse avec un grand F. Et que c'est une très bonne chose que je sois là avec toi plutôt qu'avec Drew.

Finn gloussa.

— Eh bien, il ne sait pas ce qu'il perd, et je suis très heureux d'être ici.

NOUS ARRIVÂMES à l'hôtel en milieu d'après-midi. Vu que nous étions nombreux, l'enregistrement prit un peu de temps, mais le procédé fut assez efficace. Alors que nous attendions dans le hall, je regardai autour de moi. C'était un grand espace ouvert avec la réception d'un côté, et quelques chaises, canapés et tables basses de l'autre. Une arche à l'extrémité menait à un couloir où se trouvaient les ascenseurs, et une autre arche au-delà donnait accès à une autre pièce – peut-être un bar ou un restaurant.

Une fois en possession de nos clés magnétiques, nous prîmes l'ascenseur jusqu'à notre chambre au dernier étage.

— Oh ouah, c'est magnifique ! s'exclama Finn en me suivant à l'intérieur.

C'était une belle chambre. Des murs blanchis à la chaux et un sol carrelé gris pâle la rendaient légère et aérée, et la lumière du soleil entrait par une porte-fenêtre qui donnait sur un balcon. Il n'y avait qu'un seul lit, comme nous nous y attendions, mais il était très grand et composé de draps d'un blanc immaculé et d'un monticule d'oreillers moelleux, avec une couverture jaune étalée au pied.

Je posai ma valise près du lit et me rendis directement sur le balcon. Il était juste assez grand pour deux chaises longues. Le mur en béton qui l'entourait favorisait l'intimité.

— Regarde, on peut voir la mer !

À peine, entre deux autres hôtels plus proches du rivage, mais on discernait un éclat de bleu plus sombre que le ciel. À part ça, notre vue était principalement constituée de bâtiments et de quelques palmiers, mais bon, une vue sur la mer était toujours quelque chose d'excitant.

Finn vint me rejoindre.

— Cool, déclara-t-il, son épaule frôlant la mienne alors qu'il se tenait à côté de moi.

Puis il sortit son téléphone.

— Première photo des vacances ?

Il se tourna, dos au panorama.

— Viens ici.

Je me rapprochai et il passa son bras autour de moi.

— Maintenant souris.

Nous sourîmes tous deux à l'objectif pendant qu'il prenait quelques photos.

— Laisse-moi voir, déclara-t-il en les faisant défiler. J'aime beaucoup celle-ci. Je peux la mettre sur Instagram ?

— Bien sûr.

C'était une chouette photo de nous deux – cheveux ébouriffés par la brise et larges sourires. Avec le ciel bleu derrière nous, c'était un parfait cliché de vacances.

— Maintenant, déballons nos affaires et allons explorer, décida Finn.

Nous disposions de deux tiroirs chacun et d'une grande armoire. La salle de bains était impeccable avec une douche incroyable.

— C'est clairement fait pour les couples.

Finn sourit en faisant glisser la paroi et en admirant l'énorme pomme de douche et l'espace généreux.

— Regarde, il y a même une rampe pour le sexe.

— Je suis presque sûr que c'est juste une question de sécurité.

— Exactement. Le sexe sous la douche est important. Personne ne veut finir par glisser sur de l'eau savonneuse en se faisant baiser. Ça gâcherait l'ambiance.

Je rougis, me rappelant avoir pensé à Finn pendant que je me branlais l'autre soir. Ayant besoin de me changer les idées *pronto,* je le laissai à son examen de la salle de bains et retournai dans la chambre pour me changer. J'enfilai un short kaki et glissai mes pieds dans des tongs.

— Nous allons seulement explorer l'hôtel pour le moment, pas vrai ?

Si nous allions marcher davantage, je devrais peut-être revoir mon choix de chaussures.

— Ouais. Un rapide tour d'horizon, et puis je ne sais pas pour toi, mais je prendrais bien un verre au bar.

— C'est un bon plan.

Finn se changea lui aussi, troquant son pantalon contre un vieux jean délavé, qui épousait son cul d'une manière assez troublante compte tenu de mes récents fantasmes à son sujet. Il mit des tongs, et une paire de lunettes Aviateur. Avec sa peau déjà bronzée et la barbe foncée sur sa mâchoire carrée, il avait l'air d'un habitant du coin – et il était aussi très sexy. Il n'allait pas avoir de mal à trouver des partenaires consentants pour la partie cul de son plan *sea, sex and sun*.

LE RESTE de l'hôtel était aussi beau que notre chambre. Il y avait deux bars : un grand au rez-de-chaussée qui donnait sur la piscine et possédait une piste de danse à l'arrière ; et un plus petit, plus calme, près du restaurant principal à l'étage supérieur. Sur une mezzanine surplombant la piscine se trouvait un café qui servait des plats simples plutôt que des plats raffinés.

La piscine était immense, avec plusieurs îlots en son milieu et une entrée en pente à l'endroit le moins profond. Elle était entourée de chaises longues et d'un nombre suffisant de palmiers et de parasols pour offrir de l'ombre à ceux qui la recherchaient, tout en laissant assez de places au soleil aux autres. Certains types étaient déjà en train de nager, d'autres étaient allongés à différents stades de nudité. Comme toujours, la réalité ne correspondait pas vraiment à la galerie photo du site web qui ne montrait que des mannequins d'une vingtaine d'années, sexy, épilés et bronzés. Mais je préférais être en présence de personnes dont l'âge, le physique, la couleur, étaient loin d'être uniformes. Je me sentais moins gêné par ma peau claire et mes genoux noueux.

De l'autre côté de la piscine se trouvaient des vestiaires, des douches, des bains à remous, un sauna et un hammam. Nous n'y traînâmes pas longtemps parce que nous étions bien trop habillés pour ça.

— Oh, on doit venir ici demain, déclara Finn. J'adore les saunas. Et je parie que c'est un bon endroit pour se faire de nouveaux amis, si tu vois ce que je veux dire.

Il leva ses sourcils de manière suggestive.

— Peut-être.

Je laissai échapper un petit rire nerveux. Cela faisait longtemps que je n'avais pas eu de relations occasionnelles. Mais je supposais que c'était comme le vélo. J'avais juste besoin de me lancer.

— OK. J'ai besoin d'alcool, décidai-je.

L'alcool pourrait m'aider à me débarrasser de mon anxiété et à me détendre.

— Allons au bar.

QUAND NOUS ARRIVÂMES, c'était l'*happy hour* sur les cocktails, il aurait donc été impoli de ne pas en profiter. Nous en choisîmes deux au hasard, servis dans de grands verres. Le mien était orange et fruité, et celui de Finn jaune avec plus qu'un soupçon de noix de coco. Tous deux étaient décorés de parapluies arc-en-ciel et de cerises sur des bâtonnets.

Nous nous assîmes au bord de la piscine, dans un coin ombragé, n'ayant pas pensé à mettre de la crème solaire. Tout en buvant, nous regardions les gars dans la piscine, chacun de nous comparant ceux que nous trouvions séduisants. C'était peut-être superficiel, mais le jeu du « tu veux ou tu ne veux pas » était toujours amusant. Pour la première fois depuis des années, le jeu me permettait d'évaluer les possibilités qui s'offraient à moi. Peut-être que je pourrais intéresser l'un des mecs que je trouvais à mon goût. Savoir que j'avais le champ libre si l'occasion se présentait me donnait des frissons.

Après trois tournées de cocktails de différentes couleurs, nous avions tous deux faim. Il était dix-neuf heures et mon estomac grondait.

— Tu veux sortir dîner ce soir ? Ou manger à l'hôtel ? demanda Finn.

Je bâillai.

— Je suis assez crevé, en fait. On pourrait rester ici ? Je ne suis pas sûr d'être suffisamment en forme pour aller très loin.

Finn secoua la tête d'un air moqueur.

— Qu'est-il arrivé à ce fêtard invétéré que j'aimais tant ?

— Je pense que tu confonds avec quelqu'un d'autre. Peut-être toi.

Je lui souris par-dessus le bord de mon cocktail bleu. Il ne restait plus que le dépôt et des glaçons, que j'aspirai à la paille en émettant des gargouillis.

— Ouais, tu as toujours été le plus calme de nous deux. Le yin de mon yang... ou un truc comme ça.

Finn agita la main. Ces cocktails étaient plutôt forts. Je me sentais détendu, et Finn parlait plus fort, d'une voix légèrement bégayante, signe qu'il était un peu éméché. Boire l'estomac vide était déconseillé.

— Allez, j'ai besoin de manger, déclarai-je. On peut toujours revenir ici pour continuer à boire après.

— OK. Peut-être que ce sera un peu plus animé d'ici là.

Le bar était encore assez calme.

HUIT

FINN

Nous décidâmes d'essayer le café sur la mezzanine plutôt que le restaurant chic. Les prix n'étaient pas trop élevés, et nous disposions d'un large choix. Adam commanda une pizza, et je choisis le burger maison, accompagné de frites. Ils ne servaient pas de cocktails, ce qui était probablement plus raisonnable, car je me sentais déjà un peu ivre. Nous prîmes donc des bières pour accompagner nos plats et nous assîmes à une table au bord de la terrasse.

Après avoir taquiné Adam parce qu'il était fatigué, c'était à mon tour de bâiller tout mon saoul.

— Je pensais que tu étais un fêtard, déclara Adam en souriant. Je te parie cinq balles que tu seras au lit à vingt-trois heures.

— Pas question.

J'avalai une gorgée prudente de bière. Une fois que j'aurai l'estomac plein, j'irai sûrement mieux.

— Nous ne passons qu'une semaine ici. Je veux en profiter au maximum.

— Ouais ? Alors qu'est-ce que tu veux faire après ?

Adam s'adossa à sa chaise, l'air détendu et heureux, et bien trop séduisant. Mon cœur eut un battement bizarre.

Qu'est-ce qui ne va pas chez moi ?

J'avais réussi à gérer le fait qu'il soit indisponible pendant des années. Mais maintenant qu'il était à nouveau célibataire, tous mes sentiments pour lui, que j'avais soigneusement gardés sous contrôle, semblaient exacerbés, et soudain, je le trouvais irrésistible. Je fis taire ces pensées. Adam avait besoin que je sois son ami, et moi je devais mettre un frein à ce béguin stupide.

— Eh bien, dans la brochure, il est dit qu'il y a une soirée dansante au bar ce soir, alors peut-être qu'on pourrait aller voir ce que ça donne ? Il y a plein de gars, on sait qu'ils sont tous gays, et tout le monde va vouloir chercher à s'amuser. Ça devrait être sympa.

J'étais déterminé à m'envoyer en l'air le plus vite possible, et alors peut-être que j'arrêterais d'avoir des pensées inappropriées concernant mon meilleur ami.

— OK. Je suis partant.

LA NOURRITURE ÉTAIT BONNE, et quand nous eûmes fini notre repas, accompagné d'eau et de bière, j'étais de nouveau en forme.

J'essuyai mes doigts graisseux avec ma serviette, puis la posai sur mon assiette vide.

— Tu es prêt à faire la fête ? Je veux retourner dans la chambre pour me doucher et me changer d'abord.

— Moi aussi, répondit Adam.

Donc, après avoir mis la facture sur notre chambre – nous avions décidé que c'était plus simple de tout diviser par deux à la fin du séjour – nous remontâmes dans l'ascenseur. Il commençait à faire sombre dehors, et la brise était un peu plus fraîche.

— Tu veux te doucher d'abord ? Ou je commence ? demandai-je une fois arrivés à destination.

— Peu importe, répondit Adam en haussant les épaules. Vas-y si tu veux.

— OK, je ne serai pas long.

Je me mis en sous-vêtement et me rendis dans salle de bains. Pendant que je me douchais, on frappa à la porte.

— Qu'est-ce qu'il y a ? demandai-je en sortant la tête de sous le jet.

— J'ai besoin de faire pipi, désolé.

Levant les yeux au ciel, j'ouvris la paroi de la douche et marchai sur le tapis de bain, dégoulinant d'eau savonneuse alors que je me penchai pour atteindre la serrure.

— C'est ouvert.

Je me précipitai dans la douche et me détournai quand Adam entra, me sentant soudain gêné d'être nu en sa présence.

Je me demandai s'il me matait.

— Merci, dit-il, et j'entendis le bruit de sa braguette et de son jet heurtant l'eau de la cuvette des toilettes.

Je continuai à me rincer, j'avais presque terminé.

— Je ne vais pas tirer la chasse, déclara Adam. Je ne veux pas perturber la pression de l'eau.

— J'ai fini de toute façon. Tu veux prendre le relais pendant que je me brosse les dents et me rase ?

Nous n'avions pas besoin de partager la salle de bains, nous n'étions pas pressés. Mais je trouvais idiot qu'il patiente bêtement. De plus, une partie de moi avait envie de cette intimité avec lui. C'était comme être en couple, même si nous ne l'étions pas.

— Oh, oui, OK alors.

Adam se déshabilla pendant que je prenais une serviette et me séchais dans la cabine de douche. Je le regardai dévoiler sa peau laiteuse. Il allait avoir besoin de beaucoup de crème solaire demain. Je me rendis compte que malgré nos années d'amitié, je ne l'avais jamais vu complètement nu. Nous n'allions pas à la salle de sport ensemble et nous n'avions jamais pratiqué de sport collectif, donc ça n'était jamais arrivé. L'autre jour, j'avais jeté un coup d'œil furtif à son cul et j'avais aimé ce que j'avais vu. Alors à présent, je ne pus résister à l'envie de regarder sa queue. Flasque, il était impossible de dire à quoi elle ressemblerait en érection, mais elle n'était pas circoncise, et ses poils pubiens étaient d'un rouge plus vif que ses cheveux.

— Mec. Arrête de la fixer ! On dirait que tu n'as jamais vu de bite de ta vie.

Je levai les yeux vers le visage d'Adam et grimaçai quand je me rendis compte qu'il m'avait surpris en flagrant délit.

— Désolé. Je voulais juste voir si le tapis était assorti aux rideaux.

J'essayai de garder une voix légère, mais elle sortit un peu étranglée.

Il leva les yeux au ciel.

— Oh. Ha ha. Oui, j'ai des poils pubiens roux. Tu es satisfait maintenant ?

Debout, les mains sur les hanches, ses joues avaient rougi. Mais il n'essaya pas de se cacher, alors je laissai mon attention s'attarder de nouveau sur son corps. Ses bourses étaient belles, roses contre son pubis. J'eus soudain envie de les lécher. Je m'empressai donc d'enrouler ma serviette autour de ma taille pour cacher le fait que ma verge s'y intéressait.

On se calme !

Adam se glissa sous la douche et fit couler l'eau. Vu qu'il me tournait le dos, je ne pouvais voir si notre échange bizarre l'avait également affecté.

Peut-être qu'il me trouvait juste flippant.

Peut-être qu'il avait raison.

Secouant la tête, je me ressaisis et me tournai vers le lavabo. En regardant fixement mon reflet pendant que je me brossais les dents, je décidai de garder ma barbe, mais il y avait quelques poils de sourcils qui avaient besoin d'être épilés.

L'opération « s'envoyer en l'air » avait commencé.

UNE FOIS PRÊT, j'étais satisfait de mon apparence. Après avoir étudié plusieurs combinaisons, j'avais opté pour un jean classique et un tee-shirt blanc. C'était mon jean préféré, il mettait parfaitement en valeur mon cul, et le tee-shirt m'allait bien aussi. Je savais que j'étais beau, et je surpris Adam en train de me reluquer d'une manière qui me disait qu'il pensait la même chose.

Adam portait également un jean, sombre et cintré, qui accentuait la longueur de ses jambes, et une chemisette bleu pâle avec un imprimé floral subtil. Avec ses cheveux roux foncé parfaitement coiffés, on aurait dit qu'il sortait tout droit des pages d'un magazine de mode.

— Comment tu me trouves ? demanda-t-il pendant que nous attendions l'ascenseur.

Il ne cherchait pas à se faire mousser, il avait l'air sincèrement incertain.

— Tu es vraiment magnifique, répondis-je, et je pensais chaque mot. Les mecs vont ramper à tes pieds.

Je me forçai à sourire.

Il me sourit timidement en retour.

— Je ne suis pas sûr de ça.

— On verra bien.

Je savais que j'avais raison.

Sans surprise, quelques minutes après être revenus dans le bar désormais bondé et bruyant, le type aux cheveux roses s'approcha. Ses yeux étaient fixés sur Adam comme un missile à tête chercheuse.

— Oh, salut, déclara-t-il avec un sourire espiègle. Je t'ai aperçu à l'aéroport, et j'espérais qu'on allait au même endroit. Je m'appelle Niall.

Il tendit le bras dans l'intention de lui serrer la main.

— Salut, Niall. Adam.

Niall garda sa main assez longtemps pour montrer son intérêt, comme si son visage n'était pas suffisamment expressif. Ce ne fut que lorsqu'il libéra Adam qu'il se tourna vers moi. Bien que mon ami semblât être le principal centre d'intérêt de son attention, son regard glissa de manière approbatrice sur moi aussi, et il y avait une lueur invitante dans son œil quand il me tendit la main.

— Et tu es ?

— Finn.

Je lui serrai la main, un peu plus fort que nécessaire.

— Alors, vous avez une relation ouverte ? demanda-t-il avec espoir.

— Non, répliquai-je sèchement.

Son visage se décomposa.

— Oh, désolé, c'est ma faute. Je ne voulais pas...

— Non, je veux dire qu'on n'est pas ensemble. Enfin, on est ensemble, mais pas ensemble *ensemble*. On est juste amis.

Seigneur. Je m'exprimais mieux que ça d'habitude, même après avoir bu de l'alcool.

Adam se marrait, l'enfoiré.

— Il est habituellement plus compréhensible, Niall. Je pense que les cocktails dont on a abusé tout à l'heure ont fait fondre son cerveau.

Niall se tourna vers Adam, détendu et souriant à nouveau.

— Ouais, j'en ai goûté un. Ils sont plutôt forts, hein ?

Il me lança un regard, m'incluant dans la conversation.

Je combattis mon irritation totalement déraisonnable.

— En parlant de boissons, qu'est-ce que vous voulez boire, tous les deux ?

— Une bière s'il te plaît, répondit mon ami.

— Oh merci, une bière aussi.

Les laissant se rapprocher, je me frayai un chemin à travers la foule jusqu'au bar.

J'avais vraiment besoin de plus d'alcool.

NEUF

ADAM

Niall était mignon et enthousiaste. C'était flatteur de voir que quelqu'un s'intéressait à moi de façon tellement flagrante après que j'ai été hors du marché pendant si longtemps.

Il me conduisit à une table où ses amis étaient réunis et me présenta, et quand Finn revint avec nos boissons, il fit de même. Ils se déplacèrent pour nous faire de la place, et je me retrouvai serré à côté de Niall sur une banquette. Il était pratiquement assis sur mes genoux, mais ça ne semblait pas le déranger. Moi non plus. C'était sympa de flirter avec un mec sexy.

Niall n'était pas mon genre habituel. J'avais toujours préféré les types plus âgés auparavant. Certes, ça ne s'était pas très bien terminé pour moi, donc après Drew, j'étais ouvert à tout.

— Qu'est-ce que tu fais dans la vie ? demandai-je à Niall, après lui avoir expliqué mon travail dans le marketing.

— Télévente en assurances auto. C'est chiant à mourir,

mais ça paie les factures. Mais je suis aussi musicien. Je joue dans un groupe et on donne des concerts parfois. Je continue d'espérer qu'un jour, on arrivera à percer pour que je n'aie plus à travailler. Mais je ne compte pas trop dessus.

— Et comment vous vous êtes connus ?

Je fis un geste vers ses amis autour de la table.

— On était tous ensemble à la fac. Diplômés l'année dernière.

C'était logique. J'avais supposé qu'ils étaient assez jeunes, et comme nous étions en période de cours et qu'eux étaient ici, ils ne pouvaient pas être étudiants.

Niall prit une gorgée de sa bière, et ce fut à ce moment-là que son voisin le heurta, de sorte que la bière gicla hors de son verre et retomba sur ma jambe.

— Oh putain, je suis désolé.

Niall attrapa une serviette et épongea rapidement autant qu'il pouvait. Sa main s'attarda sur ma cuisse et un picotement de désir me traversa quand il se pencha vers moi et murmura :

— Jolis muscles. Tu fais du vélo ?

— Non, répliquai-je bêtement, incapable de trouver une meilleure réponse pendant qu'il caressait ma jambe.

Il avait jeté la serviette, mais sa main était toujours là, chaude à travers le tissu humide. Je le regardai et il se lécha les lèvres, son visage près du mien.

Finn toussa, me sortant de la transe dans laquelle Niall m'avait mis. Il toussa à nouveau.

— Désolé. J'ai avalé ma bière de travers.

Le gars à côté de lui – Ash, celui aux longues jambes qui portait un short court à l'aéroport – lui tapa dans le dos.

On aurait dit qu'il était heureux d'avoir une excuse pour le toucher.

— Tu vas bien ? demanda-t-il.

— Ouais, ouais, je vais bien.

Finn lui adressa un rapide sourire.

Ash sourit en retour, sa main toujours sur le dos de Finn.

— Tant mieux. Ça serait dommage de t'étouffer, pas vrai ?

Quelque chose dans son ton suggérait qu'il imaginait Finn s'étouffer avec autre chose que de la bière. Une vision de mon ami suçant Ash m'assaillit et je fus à la fois excité et jaloux.

— Oh, j'adore ce morceau. Tu veux danser ?

La voix de Niall était basse dans mon oreille, et la pression de ses doigts sur ma jambe ramena mon attention sur lui.

— Ouais, répondis-je, remarquant à quel point ses yeux étaient sombres.

Le contraste avec ses cheveux roses était vraiment saisissant.

— OK.

Danser avec Niall semblait être le meilleur moyen de chasser toutes les inquiétudes stupides que j'avais au sujet de Finn en train de flirter avec Ash. S'il voulait s'amuser avec un mec mignon, ça ne me regardait pas. C'était ce que nous étions censés faire en venant en vacances.

Niall se leva et me tendit la main. Je la pris, souriant, alors qu'il m'aidait à me mettre debout.

La foule s'écarta pour nous laisser passer, puis se referma autour de nous. La main de Niall était chaude dans la mienne alors qu'il me conduisait au milieu de la piste. Quand nous trouvâmes un espace, il se tourna, se tenant près de moi, et je posai mes mains sur ses hanches.

Quoi de mieux pour oublier Drew que de flirter, danser et s'amuser avec un gars que je ne reverrai probablement jamais après cette semaine ?

Pas d'attaches, pas de complications.

Parfait.

CHAQUE MORCEAU se fondait dans le suivant, et je perdis la notion du temps tandis que nous dansions. Ce fut assez chaste au début, mais peu à peu, la danse devint moins innocente et plus sensuelle au fur et à mesure que le rythme de la musique devenait plus lent et plus sexy.

Je savais que j'avais trop bu et pas assez dormi, mais je m'en fichais. Je me sentais bien. Être libre et célibataire me semblait soudain bien plus génial qu'être triste. Qui avait besoin d'un petit ami quand il y avait un beau gosse aux cheveux roses contre lequel se frotter sur une piste de danse ?

Pourtant, pendant que nous dansions, je me retrouvai à jeter constamment des regards à Finn, pour savoir où il était, avec qui il dansait. J'étais soudé à Niall, mais Finn était avec un mec différent chaque fois que je le voyais. Je ne savais pas si c'était parce que personne ne lui plaisait ou le contraire, mais j'étais curieux de le savoir. Puis je me demandai pourquoi je m'en souciais.

— Hé.

Niall posa une main sur ma joue et m'attira plus près de lui pour me parler à l'oreille.

— Je suis juste là. Si tu veux danser avec quelqu'un d'autre, dis-le.

— Non, désolé, répondis-je, contrit, en glissant mes mains plus bas pour agripper son cul adorablement bombé. Je me demandais juste où était mon ami.

— Il était occupé à se frotter à quelqu'un la dernière fois que je l'ai vu.

Il pressa son érection contre ma hanche.

— C'est un grand garçon. Je suis sûr qu'il peut se débrouiller.

Et sur ces mots, nous continuâmes à danser.

L'intérêt de Niall était flagrant, et c'était rassurant. Il était séduisant, semblait sympa et je savais que j'aurais dû avoir envie de l'emmener dans ma chambre, ou au moins dans les toilettes les plus proches. Mais je ne me sentais pas d'humeur ce soir.

Peut-être que j'étais simplement fatigué.

Finalement, je me détachai de mon cavalier

— J'ai besoin d'air, soufflai-je dans son oreille.

— Ouais, moi aussi.

Ses yeux s'éclairèrent comme s'il pensait que je suggérais autre chose qu'une pause.

Me demandant comment me sortir de cette situation sans l'offenser, je le laissai me prendre la main alors que nous nous frayions un chemin à travers la foule jusqu'aux portes qui menaient à la piscine.

L'air était frais sur ma peau en sueur. J'ôtai ma chemise. Niall fit un pas de plus en retirant son tee-shirt et en le glissant dans sa ceinture.

— Mon Dieu, c'est mieux.

Il était magnifique, pas tout à fait dans le genre Tom

Daley, mais pas loin. Il avait dû passer beaucoup de temps à faire de la musculation. Voyant que je l'admirais, il sourit.

— Tu peux aussi toucher, si tu veux.

Il se rapprocha, inclinant son visage vers le mien en posant ses mains sur mes hanches.

Je l'embrassai, parce que j'avais l'impression que je devais le faire. Niall avait le goût des cocktails à la noix de coco et il répondit avec empressement. Ma queue gonfla, se pressant contre ma braguette, et je l'attirai plus près. Mes doutes antérieurs s'évaporaient rapidement à mesure que mon corps prenait le dessus, mettant fin à toute réticence de la part de mon cerveau.

— Adam ?

La voix de Finn nous fit sursauter, et nous nous séparâmes, essoufflés et hébétés.

— Oh merde, désolé les gars. Je ne voulais pas vous interrompre.

— Qu'est-ce qui se passe ? demandai-je, en lâchant Niall.

Mon ami avait l'air embarrassé.

— Je suis crevé et j'allais monter me coucher, mais j'ai oublié ma clé de chambre. Je peux prendre la tienne ? Je te laisserai entrer quand... si tu reviens plus tard.

— Heu.

J'hésitai, mon incertitude s'effondra.

— Je crois que je vais venir avec toi. Je suis fatigué aussi, et je ne veux pas te réveiller si je rentre trop tard.

— Non, vraiment ça ne m'embête pas, protesta Finn. Je ne veux pas t'empêcher de t'amuser.

— Tu peux dormir dans ma chambre si tu veux, proposa Niall avec espoir. Ash est mon colocataire, et il n'y verra aucun inconvénient. Bien qu'il puisse vouloir se joindre à nous ; tu lui as plu à lui aussi.

Je gloussai.

— C'est flatteur, mais je pense que je vais rentrer avec Finn.

Le visage de Niall se renfrogna.

— Je suis désolé, dis-je en caressant sa joue. Ce n'est pas un non définitif, juste un « pas ce soir ». On peut remettre ça à plus tard ?

— Je suppose.

Niall fit la moue. Les yeux de chien battu lui allaient bien.

— On échange nos numéros ? Comme ça on pourrait se faire un truc demain ?

— Bien sûr.

Niall me tendit son téléphone et j'entrai mon nom et mon numéro avant de le lui rendre.

— Merci.

Il tapa quelque chose, et mon portable sonna dans ma poche alors qu'il rangeait le sien.

— Maintenant, tu as aussi le mien.

Je me rapprochai et déposai un baiser rapide sur ses lèvres.

— OK. Bonne nuit.

— Bonne nuit, répondit-il, l'air toujours déçu.

Nous laissâmes Niall seul au bord de la piscine. J'essayai de ne pas me sentir trop coupable. S'il voulait de la compagnie pour ce soir, j'étais certain qu'il en trouverait rapidement.

Dans l'ascenseur, Finn déclara :

— Qu'est-ce qui te prend ? Je pensais qu'il te plaisait. Pourquoi tu n'es pas allé dans sa chambre ?

Il fronçait les sourcils, comme si j'étais l'une des énigmes de son magazine.

Je haussai les épaules.

— Oui, il est mignon. Je ne sais pas. Peut-être que j'ai juste eu peur de coucher avec lui. Ça fait tellement longtemps.

— Ce n'est pas sorcier, répliqua Finn. Tu dois te remettre en selle.

— Eh bien, peut-être demain.

Je songeai à Niall, à son corps musclé et à ses lèvres. J'espérais que l'offre serait toujours valable une fois la nuit passée.

DIX

FINN

En rentrant, nous prîmes tous deux une douche, car nous étions en nage après avoir dansé. Adam était enfermé dans la salle de bains depuis un moment. Je me demandais s'il était en train de se branler. Il devait être excité après avoir été collé à Niall sur la piste de danse pendant des heures.

Allongé sur le lit, je soupirai.

Qu'est-ce qui n'allait pas chez Adam ? Ce Niall était éminemment baisable. Adam avait passé toute la soirée avec lui, et quand ils avaient disparu, j'étais sûr qu'ils étaient allés se sucer quelque part.

J'étais heureux pour mon ami, même si un peu jaloux aussi. J'avais honnêtement prévu d'aller dormir et de le laisser s'amuser, avant de me rendre compte que j'avais oublié ma clé. À présent, je me sentais coupable d'avoir gâché sa soirée. Mais Adam n'était pas obligé de rentrer avec moi.

Je fermai les yeux. Mon cerveau tourbillonnait, abruti par l'alcool, et embrouillé par l'épuisement après cette longue journée.

La lumière de la salle de bains s'éteignit et Adam traversa la pièce en boxer. Le matelas bougea quand il s'allongea à côté de moi.

— Tu dors ? chuchota-t-il.

— Oui, chuchotai-je en retour.

Il gloussa.

— Idiot.

Je roulai sur le côté et ouvris les yeux pour trouver Adam allongé sur le côté, face à moi. Il sourit et mon cœur fit quelque chose de compliqué et de malvenu.

— Tu devrais envoyer un texto à Niall demain, dis-je, ignorant mon instinct qui me criait de voler son téléphone et de supprimer le numéro de ce type.

— Tu crois ?

Son expression était difficile à lire. Je ne parvenais pas à savoir s'il voulait être encouragé ou non.

— Évidemment.

J'affichais une certitude que j'étais loin de ressentir.

Il me fixa quelques instants, et je me demandai ce qui lui passait par la tête. Puis il bâilla.

— Tu es prêt à dormir ?

— Ouais.

— Bonne nuit, alors.

Il roula loin de moi pour éteindre la lumière.

Je l'écoutais remuer sous les draps. Quand mes yeux s'adaptèrent à l'obscurité, je vis qu'il s'était mis sur le dos. Dans le grand lit, il était facile de nous allonger sans nous toucher. Je ne pus m'empêcher de souhaiter que le lit soit plus petit.

Il serait si simple de se rapprocher, de lui demander s'il voulait changer les paramètres de notre amitié. Que dirait-il si je lui proposais ? Peut-être qu'un échange de pipes serait suffisant pour chasser ces idées stupides de ma tête.

Mais je ne voulais pas risquer ce que nous avions en compliquant les choses.

— Bonne nuit.

Je me tournai, dos à lui, pour ne pas être tenté.

APPAREMMENT MON SUBCONSCIENT avait pris le dessus sur mes bonnes résolutions, parce que lorsque je me réveillai le lendemain matin, j'étais collé contre le dos d'Adam. D'après le doux mouvement de ses côtes sous le bras que j'avais passé autour de lui, je devinai qu'il dormait encore profondément. Je respirai l'odeur de sa peau en essayant d'ignorer la pression de son cul contre ma gaule du matin.

Je fermai les yeux, ne voulant pas bouger. C'était trop bon d'être allongé comme ça. Mais j'avais besoin de pisser et j'avais soif. L'alcool de la nuit dernière m'avait laissé la bouche sèche et avec un mal de tête qui battait au rythme de mon pouls – un peu comme ma queue, mais de façon moins agréable.

À contrecœur, je m'éloignai. Adam grogna et remua un peu tandis que je me glissais hors du lit et dans la salle de bains. Il faisait jour dehors, mais je n'avais aucune idée de l'heure qu'il était.

J'avalai deux verres d'eau et attendis que mon érection descende un peu pour pouvoir pisser plus facilement.

Le bruit de la chasse d'eau dut réveiller Adam, car lorsque j'apparus, il leva la tête et marmonna :

— Quelle heure est-il ?

Je pris mon téléphone abandonné sur la table de chevet pour vérifier.

— Neuf heures moins le quart.

— Ouah. Pas mal la grasse matinée.

— Ouais.

Nous nous étions couchés avant minuit, nous avions donc rattrapé un peu de sommeil.

— Tu te souviens jusqu'à quelle heure ils servent le petit déjeuner ?

— Dix heures je crois, répondis-je en me remettant dans le lit à côté de lui, le téléphone toujours à la main.

Je trouvai la météo locale ; grand soleil.

— Il va faire un temps magnifique aujourd'hui. Ça te dit d'aller à la plage ce matin ?

— Ouais, ça a l'air génial. OK. Je ferais mieux de me préparer dans ce cas.

Adam se leva et s'étira, dos à moi. Il était de l'autre côté du lit, près de la fenêtre, et je ne pus m'empêcher de remarquer le renflement de son érection matinale dans son boxer alors qu'il contournait le lit pour se diriger vers la salle de bains. Alors que je le matais, mon sexe gonfla. Peut-être que je pourrais me branler dans la douche avant le petit déjeuner ? Mais la plage m'appelait, et ce serait idiot prendre une douche avant de nous baigner dans la mer. Ma queue pouvait attendre, et si je ne me couchais pas trop tôt ce soir, je trouverais peut-être quelqu'un pour me sucer plus tard.

— OH MON DIEU, c'est le paradis.

Je m'allongeai sur le dos, les yeux fermés. Le soleil me réchauffait la peau. Le clapotis des vagues sur le sable, le bavardage discret des gens autour de moi et le bruit des mouettes au-dessus de ma tête se mélangeaient, me berçant, et je me sentais parfaitement détendu. Le ventre plein à la suite de mon petit déjeuner, j'aurais pu facilement m'assoupir à nouveau.

— Content d'être venu ? demanda Adam, sa voix toute proche.

Je tournai la tête et ouvris les yeux pour découvrir mon reflet dans ses lunettes.

— Oui, vraiment content. Merci d'avoir pensé à moi.

Son visage s'adoucit.

— À qui d'autre aurais-je pu le proposer ?

Mon estomac se serra, mais je me contentai de sourire.

— Ouais, ton meilleur ami était un choix évident.

Il resta face à moi quelques secondes de plus et mon cœur fit un bond. Son expression était impossible à déchiffrer avec les lunettes qui cachaient ses yeux. Puis il tourna la tête vers le ciel.

— Ouaip.

Nous restâmes un moment à bronzer. À moitié assoupi, laissant mon esprit dériver comme les vagues, il m'était difficile de juger le temps qui passait. Mais finalement, j'eus trop chaud pour que ce soit encore agréable.

Je m'assis. Adam était sur le dos, immobile, à côté de moi. En supposant que ses yeux étaient probablement fermés, je pris un moment pour apprécier son corps, moulé dans un short de bain bleu foncé. Il ne portait pas un de ces Speedo super minuscules comme celui que j'avais choisi. Le short d'Adam était court, mais lui collait comme une seconde peau et ne laissait pas beaucoup de place à l'imagination. Je pouvais distinguer la courbe de ses bourses et la ligne douce de sa verge là où elle était blottie dans le creux de sa cuisse.

Détournant le regard, je portai mon attention sur la plage. Ce n'était pas le plaisir des yeux qui manquait ici, il suffisait de tourner la tête pour voir un homme séduisant. J'avais sérieusement besoin d'arrêter de reluquer Adam. Peut-être que l'eau froide aiderait.

— J'ai besoin de me rafraîchir.

Au sens propre comme au figuré.

— Tu viens te baigner ?

Il bailla et s'étira, et bon sang, je ne pus m'empêcher de le mater à nouveau. Sa peau était lisse et brillait légèrement avec la crème solaire dont il s'était enduit plus tôt.

— Ouais, OK.

Il s'assit et enleva ses lunettes. Les taches de rousseur sur son nez étaient déjà plus prononcées à cause du soleil.

— Je vais remettre de la crème sur mes épaules.

Il ramassa le flacon et en versa dans le creux de ses paumes, l'étalant généreusement sur les endroits qu'il pouvait atteindre.

— Tu peux m'en mettre sur le dos ?

— Heu. Oui, bien sûr.

Ma bouche fut soudain sèche, et pas à cause de la chaleur.

Il me tendit le flacon et je m'agenouillai derrière lui. En essayant de ne pas trop penser à ce que je faisais – parce que j'étais presque sûr que ces Speedos ne pouvaient pas contenir une véritable érection – j'étalai la lotion sur sa peau, sentant les muscles minces et la forme de ses omoplates sous mes mains.

— Tu veux que je m'occupe de toi ? me demanda-t-il quand j'eus fini.

Oh mon Dieu, oui s'il te plaît, fut ma pensée immédiate. J'en fis une blague.

— Je pensais que tu ne le demanderais jamais.

Je haussai les sourcils de manière suggestive et souris.

Il leva les yeux au ciel.

— Ha ha. Alors, tu veux ?

— Pas tout de suite. On verra ça après avoir nagé.

J'avais réussi à me contenir, mais je n'étais pas sûr de pouvoir faire confiance à mon corps si Adam me touchait. Avec ma peau mate, je ne brûlais pas trop facilement, et je n'avais pas prévu de rester longtemps dans l'eau.

La plage était bondée désormais, pleine de touristes des différents hôtels de la station balnéaire. Les enfants en bas âge jouaient sur le rivage, et les plus grands barbotaient plus loin, leurs parents vigilants restant à proximité.

L'eau au bord de la plage était chaude, là où la marée avait atteint le sable chauffé par le soleil. Mais au fur et à mesure que nous avancions, l'eau devenait délicieusement fraîche. Dès que je fus immergé jusqu'aux cuisses, je plongeai sans hésiter et fis quelques brasses, sortant ruisselant et exalté.

En me retournant, je trouvai Adam juste derrière moi. L'eau lui arrivait à la moitié du torse et il hésitait, les tétons durcis par le changement de température.

— Allez ! l'encourageai-je. Elle est super bonne.

Nos regards se croisèrent, puis il prit une grande inspiration et plia les genoux, plongeant sous l'eau avant de se relever avec un souffle.

— Oh ouah.

Il repoussa ses cheveux mouillés de ses yeux et sourit.

— Ouais. C'est top. Allons un peu plus loin.

Il ouvrit la voie, nageant avec grâce. Il se retourna et me sourit, le visage illuminé de bonheur.

— Voilà, nous n'avons plus pied maintenant.

J'étais presque sûr de ne plus avoir pied à plus d'un titre.

ONZE

ADAM

En remontant vers la plage après notre baignade, je remarquai que malgré tout, les épaules de Finn avaient rougi à cause du soleil. Nous étions finalement restés dans l'eau pendant un certain temps. Quand Finn avait suggéré de regagner le sable, je n'avais pas voulu m'arrêter, alors nous avions nagé parallèlement au rivage jusqu'au bout de la plage avant de faire demi-tour. À présent, je me sentais mal d'avoir oublié qu'il n'avait pas mis de crème solaire.

— Tu as pris le soleil, lui dis-je. Tu ferais mieux de mettre de la crème dès que tu seras sec.

— Oui, maman.

Il sourit.

— À moins que tu ne veuilles gâcher les vacances en prenant des coups de soleil dès le premier jour ?

Ça le fit taire.

Il s'essuya et s'allongea sur le ventre.

— Mets -là moi, dit-il par-dessus son épaule.

— Je parie que tu dis ça à tous les garçons.

— Seulement ceux que j'aime bien.

Malgré sa plaisanterie, je me sentis étrangement nerveux en avisant la lueur dans ses yeux. On s'était toujours asticotés comme ça, avec des sous-entendus. Cela avait fait partie de notre amitié depuis aussi longtemps que je pouvais m'en souvenir. Mais quand j'étais avec Drew, je savais que ça ne portait pas à conséquence, car nous savions tous les deux que je n'aurais jamais tenté quoi que ce soit. C'était juste une manière de nous taquiner.

Désormais, les paris étaient ouverts.

Rien ne nous empêchait d'aller plus loin si nous le voulions – à part toutes nos années d'amitié.

— Allez, vas-y, fais-le. Ne fais pas attendre un mec.

Il remua les épaules, ce qui eut pour effet de faire aussi bouger son cul.

— Tu es toujours aussi pressant ?

Je dévissai le flacon et mis de la crème dans ma main.

— Je n'aime pas trop les préliminaires. La gratification instantanée est davantage mon truc.

— C'est bon à savoir.

J'étalai la lotion sur son dos. Sa peau avait gardé la fraîcheur de l'eau de mer, et elle était agréable sous mes mains. Des muscles fermes et solides et une peau lisse. Finn ronronna de plaisir, et j'essayai de ne pas imaginer de quelles autres façons je pourrais obtenir le même son de sa part.

Je fis glisser mes mains vers le bas, jusqu'au milieu de son dos qu'il aurait eu du mal à atteindre lui-même, puis plus bas encore, jusqu'au creux de ses reins, là où commençait la courbe de ses fesses. Il avait deux fossettes parfaites dans lesquelles j'avais envie de mettre mes pouces. Je les effleurai, résistant à l'envie de m'y attarder. C'était légèrement gênant de faire ça à genoux à côté de lui. Si nous n'avions pas été dans un endroit aussi bondé, j'aurais plutôt enfourché ses hanches. Mais alors, j'aurais été trop tenté de presser ma queue contre son cul, et cela m'aurait certainement fait bander. Mais grâce au tissu froid et humide de mon maillot de bain, j'évitai de me ridiculiser.

— OK, c'est bon, déclarai-je.

Je m'allongeai rapidement sur le ventre pour cacher mon début d'érection et posai ma tête sur mes avant-bras.

JE DUS m'assoupir un moment parce que soudain, je sentis que Finn me secouait l'épaule en disant :

— Hé, Adam. Réveille-toi, réveille-toi. Tu dois te mettre à l'ombre.

— Hein ?

Je clignai des yeux, désorienté. Puis je me rendis compte que j'étais toujours sur la plage et que le soleil était désormais pile au-dessus de ma tête.

— On s'est endormis. On est restés trop longtemps au soleil. Tu es déjà tout rose et tu vas brûler si on reste là plus longtemps.

Finn fronçait les sourcils, inquiet.

— Ça devrait aller, je porte un indice 30.

— Ouais, mais ça fait deux heures qu'on est là, et ça risque d'être dangereux pour toi.

— Putain de gènes roux, grommelai-je en me levant, ôtant le sable sur mes jambes. Ils sont si peu pratiques.

— Personnellement, je ne dirais pas non à un peu d'ombre. Et j'ai faim.

Je ricanai.

— Tu as toujours faim.

— C'est vrai.

Finn sourit.

Je grimaçai en enfilant mon tee-shirt. La peau de mes épaules était sensible, et même le tissu doux me grattait. J'espérais qu'une douche fraîche et une lotion après-soleil arrangeraient les choses.

NOUS FÎMES une halte au café de l'hôtel pour acheter deux sandwichs pour le déjeuner que nous montâmes dans notre chambre pour les manger. Finn commença le sien dans l'ascenseur, laissant tomber des miettes.

— Quoi ? demanda-t-il la bouche pleine, en avisant mon air atterré. J'étais affamé.

— Je vois ça.

Une fois à notre étage, je nous fis entrer dans notre chambre.

— C'est bon si je me douche d'abord ?

— Bien sûr, marmonna-t-il tout en mordant dans son pain.

Je fis couler l'eau aussi froide que je pouvais le supporter le long de mes épaules pendant un moment jusqu'à ce que ma peau rougie ait refroidi. Mais à peine sorti et séché, elle se réchauffa à nouveau, picotant et brûlant. Je me retournai pour observer mon dos dans le miroir et soupirai. Ce n'était pas trop désastreux. Je ne pensais pas que j'allais peler, mais ça resterait inconfortable durant la journée, et j'avais intérêt à faire beaucoup plus attention toute la semaine.

Je sortis du gel d'aloès que j'avais apporté et en étalai

sur les parties que je pouvais atteindre. J'enroulai une serviette autour de ma taille et tendis le tube à Finn.

— Tu peux m'en mettre un peu sur le milieu du dos ?

— Bien sûr.

Il avait fini de manger et était assis sur le balcon. Il rentra, sa silhouette se découpant dans la lumière du soleil.

Je me retournai et essayai de ne pas trop apprécier la sensation de ses mains sur moi alors qu'il frottait doucement le gel sur mes omoplates.

— C'est douloureux ? demanda-t-il.

— Un peu, avouai-je.

— Tu devrais t'assurer de boire beaucoup d'eau, et rester à l'abri du soleil pour le reste de la journée.

— J'en avais l'intention. Mais c'est chiant. Je voulais aller à la piscine.

— Il y a plein d'ombre là-bas.

Finn appliqua davantage d'aloès sur mes épaules. Même si je l'avais déjà fait, ça ne me ferait pas de mal.

— Mais je ne pourrai pas nager.

J'étais déçu, et je m'en voulais d'avoir été assez stupide pour m'endormir au soleil le premier jour de nos vacances.

Il finit d'étaler le gel sur mon dos, son toucher était léger et prudent, et je fermai les yeux, appréciant ses caresses.

— Voilà, c'est fait.

— Merci.

Finn se rendit dans la salle de bains, j'enfilai un boxer et m'allongeai sur le lit avec mon téléphone. Je m'installai sur le ventre, voulant préserver mon dos et mes épaules. En faisant défiler Instagram, je regardai des photos de mecs et de chats mignons, et quelques clichés de lieux aléatoires. Je ne suivais pas beaucoup de comptes, donc je tombai rapidement sur la photo que Finn avait postée la veille, où l'on souriait à l'appareil. La légende disait « Les vacances commencent ici ! »

Je souris. C'était une belle photo de nous deux. Je clignai des paupières quand je vis qu'elle avait plus de cinquante likes. J'avais de la chance si j'en obtenais plus de trois sur les miennes, et l'un d'eux était généralement de ma mère. Finn était une star des réseaux sociaux comparé à moi. Il n'avait pas loin de mille followers. En faisant défiler les commentaires, j'en lus plusieurs disant des choses comme « joli couple ». Le cliché nous montrant enlacés, je comprenais pourquoi les gens supposaient que nous étions ensemble. Un peu plus bas, je lus un commentaire qui disait « oooh ton mec est sexy ! » avec un émoticône en forme de cœur. Je gloussai, flatté par l'intérêt d'un inconnu.

— Qu'est-ce qu'il y a de drôle ? demanda Finn, me faisant sursauter.

Absorbé, je ne l'avais pas entendu sortir de la salle de bains.

Je roulai sur le dos pour le regarder, les draps grattaient ma peau sensible, mais ça valait le coup. Des gouttelettes d'eau s'accrochaient encore au corps de Finn, piégées dans les poils noirs qui parsemaient son torse.

— Tes followers Instagram semblent tous penser qu'on est en couple.

Je lui souris.

— L'un d'entre eux pense aussi que je suis sexy.

Lorsque son regard s'attarda sur moi, j'eus l'impression d'avoir reçu un coup de soleil sur tout le corps.

— Ouais, tu es plutôt agréable à regarder, déclara-t-il avec un haussement d'épaules nonchalant.

Pourtant, quelque chose dans la façon dont il m'étudiait me donna l'impression que son évaluation était tout sauf désinvolte. Mon cœur battait fort alors que la tension s'intensifiait entre nous, et je ressentis une pointe d'anxiété mêlée d'excitation.

Essayant de désamorcer cette bizarrerie, je lâchai :

— Si mon admirateur secret est un mec sexy, n'hésite pas à lui donner mon numéro.

— Laisse-moi voir.

Il s'approcha du lit et tendit la main vers mon téléphone. Il regarda l'écran, son expression étrangement sérieuse, mais il sembla ensuite se détendre en me rendant mon portable.

— Non, c'est une femme avec qui je travaille. Pas de chance.

Il se détourna et laissa tomber sa serviette pour enfiler un boxer.

— Ça me fait penser, tu ne devrais pas être en train d'échanger des textos avec Niall ?

J'avais complètement oublié Niall. Maintenant que Finn me l'avait rappelé, ça semblait être une bonne idée. Il avait raison, j'avais besoin de me remettre en selle, et Niall avait été très enthousiaste la nuit dernière. J'espérais qu'il serait partant pour qu'on se voit plus tard dans la journée.

— Ouais, je suppose que je devrais. Je lui enverrai un message tout à l'heure.

— Qu'est-ce que tu veux faire cet après-midi ? demanda Finn.

— Je n'en sais rien. On pourrait peut-être aller à la

piscine et voir si je peux trouver de l'ombre ? Je ne veux pas gâcher nos vacances à rester dans la chambre.

— La piscine semble parfaite. Laisse-moi enfiler un maillot de bain.

J'eus un autre aperçu du cul de Finn pendant qu'il troquait son sous-vêtement contre un short de bain rouge. J'en enfilai un également, même si je n'avais pas l'intention de nager puisque la piscine était en plein soleil. Mais si j'avais trop chaud, je pourrais y plonger juste le temps de me rafraîchir.

Armés de plus de crème solaire, de livres, de bouteilles d'eau, de serviettes et de lunettes de soleil, nous fûmes prêts à partir.

DOUZE

FINN

Adam était à l'ombre d'un parasol, le nez rivé sur son portable, pendant que je me prélassais au soleil à côté de lui. Il semblait taper un message et j'essayai de ne pas me montrer jaloux à l'idée qu'il contacte Niall. C'était moi qui en avais parlé, après tout. Peut-être que Niall avait fini par trouver quelqu'un d'autre la nuit dernière et qu'il ne répondrait pas, mais au moins j'avais fait mon devoir de meilleur ami pour essayer d'aider Adam à s'envoyer en l'air.

Mais son téléphone bipa presque aussitôt qu'il l'eut mis de côté, et mon cœur se serra quand Adam le prit.

— Si c'est Niall, demande-lui s'il a un pote sexy pour moi. Je ne veux pas être la cinquième roue du carrosse ce soir.

— Je suis sûr que tu n'auras aucun mal à trouver quelqu'un pour te tenir compagnie, répondit Adam en recommençant à taper.

Ils échangèrent des textos pendant un moment, et chaque fois qu'Adam souriait ou gloussait à propos de quelque chose que Niall avait écrit, je sentais une vilaine torsion dans mon estomac.

Finalement Adam déclara :

— Niall suggère que nous allions dans un bar sur le front de mer ce soir. Apparemment, ils organisent une soirée gay et c'est censé être bien – des boissons bon marché et de la musique décente. T'es partant ?

— Oui, répondis-je sans hésiter.

Même si je n'avais pas particulièrement envie de voir Adam se rapprocher de Niall, je ne voulais pas non plus le perdre de vue.

— On les rejoint, ses potes et lui, vers 21h30, m'informa mon ami après quelques échanges supplémentaires.

— Cool, répondis-je, même si je ne le pensais pas.

Imaginer Adam avec Niall était une démangeaison sous ma peau dont je ne pouvais pas me débarrasser. Je me levai, j'avais besoin de distraction pour arrêter de regarder Adam envoyer des SMS.

— Je vais aller nager.

— OK. Merde, j'aimerais pouvoir y aller avec toi.

Adam regardait l'eau avec envie.

— Ouais, moi aussi.

Je me sentais mal pour lui. Puis je me souvins de quelque chose que j'avais remarqué en passant devant le magasin de l'hôtel.

— Changement de plan, dis-je en prenant mon porte-feuille et en enfilant un tee-shirt. Je vais prendre une canette de Coca à la boutique, tu veux quelque chose ?

— Oui, un Coca pour moi aussi, s'il te plaît.

Quand j'arrivai à la boutique, je me dirigeai vers les rayons de vêtements de plage. En plus des maillots, il y avait une sélection de combinaisons de plongée. Je choisis un haut bleu foncé, puis je pris deux canettes de Coca dans le frigo et apportai le tout à la caisse pour payer.

Quand je revins, Adam avait posé son téléphone et était allongé sur la chaise longue, les yeux fermés.

— Hé, Cendrillon.

Je sortis le haut et le déposai sur ses genoux.

— Tu vas pouvoir aller au bal !

— C'est quoi ça ? demanda-t-il en le prenant, puis il sourit. Oh, c'est une super idée. Merci. Combien je te dois ?

— C'est cadeau. Maintenant, mets un peu plus de lotion sur les parties qui ne seront pas couvertes et viens nager avec moi.

Une fois qu'Adam eut enfilé son haut, il se regarda d'un œil critique.

— Je me sens un peu con, là-dedans. Personne d'autre n'en a.

C'était vrai. La plupart des gars autour de la piscine étaient bronzés, ou sur le point de l'être. Certains d'entre eux se cachaient à l'ombre des parasols ou se protégeaient en portant un tee-shirt.

— Et alors ? Pourquoi tu ne le mettrais pas si ça veut dire que tu peux nager sans te brûler ? En tout cas, ça te va bien. Tu es sexy.

Je laissai mon regard courir sur son torse de manière à appuyer mon affirmation. C'était vrai. Le tissu bleu foncé l'enveloppait comme une seconde peau, montrant chaque parcelle de muscle mince et son ventre plat. Je rentrai le mien, en souhaitant qu'il soit aussi tonique que celui d'Adam. Peu importe le nombre d'heures que je passais à la salle de sport, j'étais toujours un peu plus convexe que je ne l'aurais souhaité.

— Hum.

Il n'avait pas l'air convaincu.

— Sérieusement, Adam. Tu es carrément canon. Tous les gars de la piscine vont vouloir te l'enlever pour voir ce qu'il y a dessous.

Je lui fis un sourire et ses joues devinrent encore plus rouges qu'elles ne l'étaient déjà à cause du soleil.

— OK. Allons-y.

La piscine était merveilleuse après la chaleur cuisante du soleil méditerranéen. Je plongeai sous la surface, me perdant dans le bruit sourd, l'eau fraîche comme de la soie sur ma peau, et la délicieuse sensation d'apesanteur. Quand j'émergeai, je me retournai pour voir Adam à côté de moi, ses cheveux mouillés, sombres et lisses.

Nous nageâmes jusqu'à l'extrémité de la piscine où elle était profonde et beaucoup moins fréquentée que l'autre côté. Adam se dirigea vers le bord, puis il repoussa sa frange hors de ses yeux et me sourit.

— C'est paradisiaque.

— Oui, acquiesçai-je, me perdant dans ses yeux un court instant.

— On fait la course jusqu'au bout !

Il partit en nageant gracieusement, me prenant par surprise. Je suivis, mon esprit de compétition me poussant à me dépasser, mais je ne pus le rattraper.

Quand je touchai le mur, il souriait, triomphant, et faisait le signe *looser* avec son pouce et son index.

— Ouais, ouais. Tu ne m'as pas laissé le temps, tricheur. Je veux une revanche.

— OK, c'est reparti. Tu es prêt cette fois ? À vos marques, prêts, partez !

Je réussis à le suivre pendant la première moitié, mais il me devança, atteignant l'autre côté quelques secondes avant moi.

— Juste et équitable cette fois, déclara-t-il.

— Ouais. Bien joué. Je ne savais pas que tu étais si bon en natation.

— Je nageais beaucoup quand j'étais petit. J'étais dans un club et je faisais de la compétition.

— Je l'ignorais.

Il haussa les épaules.

— J'ai arrêté à quatorze ans. Les érections impromptues étaient trop gênantes.

J'éclatai de rire.

— Oh putain oui. J'imagine. Les vestiaires à l'école, c'était déjà l'angoisse, mais au moins tu pouvais enfiler ton short rapidement. Un Speedo ne laisse pas beaucoup de place à l'imagination. Heureusement, la natation n'a jamais été mon truc, donc je n'ai pas eu à m'inquiéter de ça.

J'avais joué au football et fait un peu de taekwondo. Mais dernièrement, je me contentais de la gym et de la course à pied.

Adam s'éloigna à nouveau du bord, d'une une brasse tranquille cette fois. Je pouvais suivre le rythme. Nous barbotâmes un moment, nageant en cercle autour de l'île et admirant les mecs au passage. Je me sentais comme un enfant dans un magasin de bonbons quand on montrait ceux qui nous intéressaient.

— Regarde le *daddy* sexy. Normalement, je n'aime pas les hommes plus âgés, mais je pourrais faire une exception pour lui, déclarai-je. Celui sous le parasol bleu qui lit un livre.

— Ouais, je suppose.

— Je pensais que tu serais d'accord avec moi. C'est tout à fait ton type, non ?

— Je pense que j'ai dépassé la phase du *daddy* sexy, répondit Adam d'une voix crispée. Drew m'en a dégoûté pour la vie.

— Oh merde. Désolé. Je n'ai pas réfléchi.

Je m'en voulais de le lui avoir rappelé alors que ces vacances étaient censées lui permettre de passer à autre chose.

Adam soupira.

— C'est bon. Mais ouais, plus de chasseur de minets pour moi. Je veux dire... peut-être à l'occasion, mais je n'ai pas envie d'avoir une relation avec un autre gars plus âgé. Avec le recul, j'ai l'impression que Drew n'était intéressé que par mon apparence et le fait que je sois plus jeune que lui. J'ai l'impression que notre relation ne signifiait rien pour lui. Je veux trouver quelqu'un qui me veut pour ce que je suis, pas seulement pour mon physique ou pour le fantasme.

Mon cœur se tordit face à la douleur dans la voix d'Adam, et je détestai Drew avec la même intensité que le soleil brûlant dans le ciel au-dessus de nous.

— Tu étais trop bien pour lui, répondis-je férocement.

— Ouais. Tu m'as dit ça avant mon troisième rendez-vous avec lui. Tu te souviens ?

— Vraiment ?

Je m'étais toujours méfié de Drew, mais je ne me rappelais pas avoir essayé de dissuader Adam de poursuivre sa relation avec lui.

— Oui. Tu m'as dit qu'il te faisait froid dans le dos et que je pouvais trouver mieux. Je suppose que j'aurais dû t'écouter, hein ?

— Je suppose que oui, en effet. J'ai manifestement un très bon instinct pour détecter les trous du cul.

Il gloussa, l'amertume se dissipa quand il dit :

— Ouais, carrément.

TREIZE

ADAM

— Tu peux mettre de l'après-soleil sur mon dos s'il te plaît ? demandai-je à Finn.

Nous nous préparions pour nous rendre au bar, et ma peau était de nouveau sensible malgré la récente douche froide.

— Bien sûr.

Finn prit le flacon et se rapprocha de moi. La sensation de son souffle sur ma nuque me fit frissonner. J'étais déjà excité à l'idée de voir Niall bientôt, et de coucher avec lui. C'était le plan. Je voulais le faire. J'étais impatient, et Niall était mignon et consentant. Mais j'étais nerveux à l'idée de coucher avec un inconnu après tout ce temps.

Les mains de Finn étaient chaudes sur ma peau, et le gel frais apaisait les picotements.

— Comment ça se présente ? demandai-je.

— Pas trop mal. Définitivement rose, mais je pense que ça va se calmer d'ici demain. Tu devrais éviter la position du missionnaire si tu te fais baiser ce soir.

Je laissai échapper un rire surpris.

— Aïe, oui. Bien vu.

Ma queue s'épaissit à l'idée d'être pris. Même si j'étais versatile, j'aimais être passif et je n'avais que rarement baisé Drew. Je me demandai ce que Niall aimait. Une image de moi à quatre pattes avec Niall me baisant par-derrière envahit mon cerveau. Putain oui. J'étais carrément partant.

Finn avait fini, et je me baissai pour ajuster mon érection en me retournant pour lui faire face.

Il me vit et sourit en connaissance de cause.

— Prêt pour un peu d'action ?

Je rougis.

— Ouais.

— Allons-y, il est temps de t'envoyer en l'air.

— Et toi aussi.

J'étais certain que Finn allait baiser ce soir.

— Ouais, j'espère.

Il évita mon regard, jetant un dernier coup d'œil dans le miroir alors qu'il passait ses mains dans ses cheveux noirs pour leur donner un peu de volume.

— OK, je suis prêt.

NIALL et ses amis étaient déjà là quand nous arrivâmes. Ils étaient regroupés autour d'une table haute sans tabouret près d'un pilier. Il y avait quelques tables et sièges à l'avant du bar, et au fond de la salle se trouvait une grande piste de danse avec des boules disco et des lumières clignotantes.

Mon cœur battait la chamade alors que je m'approchais de Niall, mais j'affichai un sourire confiant même si c'était loin d'être le cas. Son visage s'éclaira quand il me vit, ce qui devait être un bon signe.

— Salut, Adam.

Il s'approcha aussitôt pour m'embrasser. Rien de trop sexuel, mais une douce pression de ses lèvres sur les miennes qui promettait davantage plus tard, puis il embrassa Finn sur la joue.

— Salut, Finn. C'est bon de te revoir.

Je souris à son groupe d'amis et levai la main en marmonnant un « salut » par-dessus la musique.

— Comment s'est passée ta journée ? demanda Niall, sa bouche près de mon oreille.

— Bien, merci, répondis-je.

Le bar était trop bruyant pour entretenir une conversation, alors je ne pris pas la peine d'entrer dans les détails.

— Et la tienne ?

— Super. On a été à la plage.

L'arête de son nez était un peu rouge à cause du soleil. Il ajouta quelque chose que je n'entendis pas, alors je hochai la tête, en espérant que c'était une réponse appropriée.

La main de Finn sur mon épaule attira mon attention.

« Tu veux un verre ? »

Il mima le fait de boire.

Je lui répondis en levant mon pouce.

« Oui, s'il te plaît. »

Il se rapprocha pour que je puisse l'entendre correctement.

— Qu'est-ce que tu prends ?

— Ce qui est bon marché et alcoolisé, répondis-je.

— Parfait.

Finn sourit, puis alla rejoindre la cohue au bar.

— C'est trop bruyant ici pour parler, me cria Niall à l'oreille. Tu veux danser à la place ?

Putain non. Je ne voulais pas danser, pas sans avoir bu. Mais c'était ça ou essayer d'avoir une conversation sur une musique trop forte. Danser semblait être le moindre des deux maux.

Heureusement, les autres mecs avaient manifestement eu la même idée, car la piste de danse était déjà assez bondée pour que je ne me sente pas trop exposé une fois au milieu. Niall était un bon danseur alors j'essayai de l'imiter, ce qui aida. Rapidement, je commençai à m'amuser, même sans l'aide d'un verre.

— Vous voilà !

Finn s'approcha avec deux énormes verres de quelque chose d'étrange dans les mains – vraisemblablement un cocktail en promotion ce soir. Il m'en tendit un.

— Merci. Qu'est-ce que c'est ?

— Je ne sais pas. Mais il y a une putain de dose de vodka et de Bacardi dedans, alors ça devrait faire l'affaire.

Il avait dû approcher ses lèvres de mon oreille à cause du bruit, et peut-être était-ce la proximité, mais ma libido grimpa d'un cran.

Je bus une gorgée à la paille. Ça avait le goût d'un sirop pour la toux, mais pas désagréable, alors j'en repris. Danser en buvant n'était pas facile, mais je fis de mon mieux. Finn nous rejoignit en compagnie de Ash, l'ami de Niall. Il regardait mon pote d'une manière qui me faisait penser que Finn n'aurait aucun mal à coucher avec Ash s'il était intéressé.

Je vidai ma boisson aussi vite que possible pour avoir à nouveau les mains libres. Voyant que Finn avait fini la sienne aussi, je pris nos deux verres et les posai sur une table au bord de la piste de danse avant de rejoindre les autres.

Niall m'accueillit à bras ouverts, littéralement, et je me glissai dans son étreinte, le laissant se frotter contre moi tandis qu'il me tripotait le cul. Alors que la sensation de l'alcool m'envahissait, je devenais de plus en plus excité. Quand je regardai par-dessus l'épaule de Niall, je vis Ash enroulé autour de Finn, se frottant contre lui tandis qu'ils dansaient nez à nez, se souriant l'un à l'autre. Un éclair de jalousie me surprit. Pourquoi reprocherais-je à Finn de s'amuser avec Ash alors que je bandais pour Niall ? Je détournai le regard, essayant de me concentrer sur le type dans mes bras plutôt que sur mon meilleur ami. Niall m'embrassa, et je fermai les yeux, me perdant dans la sensation de ses lèvres lisses et la chaleur de son corps. C'était si bon, et j'avais besoin de ça. Niall était sexy, il avait envie de moi, et j'étais déterminé à m'amuser ce soir, et à chasser de mon esprit toute pensée concernant Drew et Finn.

LE TEMPS PASSA, flou et indistinct. Il y eut davantage de boissons et de danse, beaucoup de danse. Nous avions à peine fait une pause parce que c'était ce pourquoi nous étions là. À un moment donné, Niall retira sa chemise, alors je l'imitai. C'était moite et chaud dans les deux sens du terme. Entouré d'autres corps torse nu, je me noyai dans une mer de phéromones masculines et ça ne me dérangeait pas du tout.

Finn avait délaissé Ash et dansait à présent avec deux hommes apparemment en couple. Finn était coincé entre eux. L'un d'eux se frottait sur lui par devant, tandis que l'autre se pressait derrière lui, embrassant sa nuque. Ils avaient l'air si torrides ensemble. J'étais à moitié dur depuis ce qui semblait être des heures désormais, et ma queue tressauta à cette vision.

La peau de Niall était lisse et humide de sueur sous mes paumes quand je les glissai dans son dos et l'embrassai à nouveau. Lorsque nous nous séparâmes, il m'offrit un sourire paresseux, baissa sa main et effleura ma queue douloureuse avant de se pencher pour me demander :

— Tu veux aller quelque part et te mettre à poil avec moi ?

Mon membre s'enfonça contre sa paume. Mon corps en avait définitivement envie, mais mon cerveau était encore saisi d'un moment d'hésitation.

Est-ce que je devais le faire ?

Je me souvins des mots de Finn disant que c'était comme faire du vélo et remonter en selle. Bien qu'avec toutes les métaphores, je préférais être celui qui était monté. En espérant que Niall soit d'accord avec ça.

— Ouais. Sortons d'ici.

Niall sortit son téléphone de sa poche, puis leva les yeux vers moi.

— Ash est déjà dans notre chambre avec un mec, donc, à moins que tu veuilles de la compagnie, on peut aller dans la tienne ?

Je jetai un coup d'œil à Finn, qui n'était plus avec le couple. Les gars avec qui il avait dansé s'embrassaient et mon pote les regardait, la main sur la bosse de son entrejambe.

— Je vais juste voir avec Finn si ça ne le dérange pas.

Niall me prit la main et me suivit pendant que je me dirigeais vers mon ami. En me penchant près de lui, je pouvais sentir sa sueur, propre et musquée.

— Hé. Je peux ramener Niall dans notre chambre ? lui demandai-je à l'oreille.

— Attends. C'est trop bruyant ici et j'ai besoin d'air.

Finn ouvrit la voie hors de la piste de danse et sortit par des portes arrière qui menaient à une terrasse. L'air était frais sur ma peau chaude et c'était calme dehors, le rythme de la musique était doux plutôt qu'écrasant.

— Alors, qu'est-ce que tu disais ?

— Je demandais si je pouvais ramener Niall dans notre chambre. Tu avais l'air plutôt occupé là-bas.

— Nan, c'était un coup d'épée dans l'eau, dit-il ironiquement. Ils ne cherchent pas un troisième partenaire, sauf pour se chauffer sur la piste de danse.

— Oh, dommage, répondit Niall. Vous alliez bien ensemble.

— Peu importe, je suis sûr que je trouverai quelqu'un d'autre avec qui jouer. Amusez-vous bien, je vais m'absenter quelques heures.

— À moins que tu veuilles venir avec nous ? proposa Niall en souriant de manière suggestive à Finn. Je suis sûr qu'on pourrait passer un bon moment tous les trois.

Mon pouls fut soudain tel un battement de tambour dans mes oreilles, noyant la musique alors que je fixais Finn, attendant qu'il réponde.

Et je me rendis compte que je voulais qu'il dise oui.

QUATORZE

FINN

Décontenancé, je me contentai de regarder Niall en silence. Je ne savais pas pourquoi j'étais si étonné. Ce n'était pas comme si je n'avais jamais été invité à un plan à trois : j'avais même cru que ça allait être le cas plus tôt. Mais je n'avais pas du tout vu ça venir.

— Qu'est-ce que tu en penses, Adam ? Demanda Niall en glissant son bras autour de la taille de mon ami. Finn et toi pourriez tous les deux vous amuser avec moi.

— Heu....

Adam déglutit, ses yeux sombres fixés sur moi, les joues rougies par la chaleur de la piste de danse.

Je croisai son regard et essayai de deviner ce qu'il pensait. Était-il prêt pour ça ? Étais-je prêt pour ça ? J'étais attiré par Adam depuis que je le connaissais, mais j'avais gardé le secret pendant si longtemps. Peut-être qu'une nuit de folles relations sexuelles avec lui – et Niall – m'aiderait à passer à autre chose. Ou peut-être que ça ne ferait qu'aiguiser mon désir pour lui. Mon Dieu, je voulais tellement le découvrir. J'étais sur le point de dire oui. Mais

Adam, que voulait-il ? Ou plus important, de quoi avait-il besoin ?

De sexe sans complication.

Tout ce dont il avait besoin, c'était de s'amuser avec quelqu'un qu'il ne reverrait jamais après cette semaine.

Donc, même si ça me faisait mal, je secouai la tête.

— Je ne suis pas sûr que ce soit une bonne idée. Je pense qu'Adam préférerait t'avoir pour lui tout seul.

— Ça ne me dérange pas de partager, répondit rapidement ce dernier. Ça pourrait être amusant.

Je le regardai fixement, les sourcils froncés.

— Tu es sûr ?

La tension crépitait entre nous. Je me demandais à quel point c'était évident pour Niall. Il nous observait, attendant en silence que nous prenions notre décision.

Adam hocha la tête.

— Ouais, c'est pas grand-chose. On va bien rigoler.

Il se lécha les lèvres et déglutit. Son expression démentait ses paroles. Quelque chose dans la position de sa mâchoire impliquait que c'était important pour lui. Peut-être pas pour les mêmes raisons que moi, cependant. Je connaissais Adam ; il n'avait jamais fait ça. Il n'avait pas vraiment eu de partenaires occasionnels avant sa relation avec Drew, et à ma connaissance, il n'avait jamais été impliqué dans un plan à plusieurs. Peut-être qu'il était prêt à se diversifier.

— C'est d'accord.

Je n'avais plus l'intention de discuter. Je ne pouvais nier que j'en avais envie. Avec l'alcool qui bourdonnait dans mes veines, et Adam qui me fixait avec une intensité nouvelle et excitante, je n'avais plus la capacité de prendre des décisions raisonnables et rationnelles. Ma queue disait oui, et je faisais avec.

— Génial, répondit Niall, rayonnant. Ça va être tellement amusant. Allons nous envoyer en l'air !

EMPORTÉ par l'enthousiasme de Niall, je n'eus pas le temps de douter de ma décision alors que nous nous dépêchions de rentrer à l'hôtel. Niall tenait la main d'Adam pendant que nous marchions. J'avais toujours l'impression de m'immiscer, même s'ils m'avaient clairement fait comprendre qu'ils voulaient que je sois là aussi. J'étais confus quant aux motivations d'Adam, mais trop excité, et mon esprit était trop embrumé par les cocktails pour m'en inquiéter.

Nous nous entassâmes dans l'ascenseur et Niall s'appuya contre le mur, attirant Adam contre lui et inclinant sa tête en arrière pour l'embrasser. Adam se laissa faire, et mon sexe gonfla contre ma braguette en entendant le bruit humide de leurs bouches. Ils avaient l'air torrides, avides l'un de l'autre, et j'aimais les mater. Mais Niall tendit un bras vers moi, et je le laissai me prendre la main et m'attirer vers lui.

Niall rompit le baiser et me sourit, les yeux assombris par le désir, les lèvres humides.

— Tu m'embrasses ?

Je répondis avec avidité, en enfonçant ma langue dans sa bouche tandis qu'il enroulait son bras autour de mon cou. Un autre bras glissa autour de ma taille et je sus que c'était celui d'Adam. Ses lèvres effleurèrent mon cou, son souffle était chaud et humide. Lorsque l'ascenseur s'arrêta à notre étage, je faillis trébucher, étourdi par le désir.

Heureusement, le couloir était désert et notre porte n'était pas loin. Je les devançai, ma main liée à celle de Niall alors qu'il tenait celle d'Adam. Je luttai avec la carte magnétique, en maudissant le fait qu'elle n'ait pas fonctionné la première fois, puis finalement, la lumière devint verte, et nous entrâmes dans la pièce.

— Qu'est-ce que vous aimez faire les gars ? demanda Niall.

Il était toujours torse nu et, quand il se tourna vers nous, son érection était évidente dans son jean moulant.

— Je suis passif, donc j'espère vraiment qu'au moins un de vous est actif.

— Moi, répondis-je aussitôt.

Techniquement, je pouvais faire les deux, mais j'étais rarement passif. Pour les coups d'un soir, je préférais nettement être actif et Niall avait un joli cul que je n'hésiterais pas à baiser.

— J'aime les deux. Peu importe, répondit Adam, sa réserve habituelle envolée.

— Cool, déclara Niall en commençant à déboutonner son jean. Dans ce cas, commençons et voyons où l'humeur nous porte. Mais d'abord, on se déshabille.

J'étais partant pour ça, j'ôtai mon tee-shirt puis mes chaussures et retirai mon pantalon et mes sous-vêtements. Quand je me redressai, Adam fixait ma queue. Je suppose que c'était bizarre pour lui de me voir nu et en érection après des années de relation platonique. Nous devions surmonter cette gêne rapidement si nous voulions que ça marche et que ce ne soit pas embarrassant. Je pris ma verge en main et me caressai lentement. Les yeux d'Adam remontèrent le long de mon corps et il croisa enfin mon regard. Il rougit, mais ne détourna pas les yeux. Lorsqu'il reporta de nouveau son attention sur mon sexe, je continuai à me branler pendant qu'il matait.

— Putain, c'est chaud, souffla la voix de Niall, me rappelant qu'on était trois. Mais tu es trop habillé, Adam. Laisse-moi t'aider.

Nu à présent, Niall s'approcha de mon pote.

— Je peux ?

Il attrapa la chemise d'Adam, qu'il avait remise avant de quitter le club. Il ne l'avait pas boutonnée, donc elle pendait librement.

— Ouais.

La voix de mon ami sortit rauque et essoufflée. Son regard était toujours fixé sur ma verge.

Niall fit glisser la chemise d'Adam de ses épaules et la laissa tomber sur le sol.

— Joli, dit-il en passant ses mains sur le torse d'Adam de manière approbatrice avant de descendre pour commencer à ouvrir sa braguette.

Ils étaient beaux ensemble, le contraste entre le bronzage de Niall et la peau claire d'Adam –juste un peu rose à cause du soleil.

Niall descendit le pantalon d'Adam le long de ses cuisses, et ce fut à mon tour de fixer sa queue, toujours cachée par son caleçon noir.

— Dépêche-toi, intimai-je.

Quand Niall libéra les jambes d'Adam de son jean, il fit glisser son boxer vers le bas et l'enleva. La queue de mon pote rebondit, dure comme la pierre et rose au sommet. Il ressemblait à une glace et je crever d'envie de le prendre dans ma bouche. Mais Niall me devança.

— Je peux te sucer ? Est-ce que j'ai besoin d'un préservatif ?

— Oui. Et non. J'ai fait un test le week-end dernier, répondit Adam à bout de souffle.

— Merci putain. Je préfère de loin le goût de la bite à celui du latex.

Et sur ces mots, Niall commença à s'occuper d'Adam.

En le regardant le sucer, je pouvais presque imaginer la chaleur d'Adam dans ma bouche, son goût sur ma langue. Du liquide pré-séminal s'écoulait de mon gland et je l'étalai avec mon pouce, me léchant les lèvres pendant que Niall suçait Adam comme un champion. Il m'avait volé l'attention de mon ami, mais je supposai que ce n'était que justice. Je me rapprochai pour les contempler de plus près. Les lèvres de Niall étaient humides. Il était dur aussi et se caressait tout en faisant une fellation. Une fois que je fus à côté de lui, il tendit le bras vers moi. Il ôta ma main de mon érection et prit le relais, me branlant au même rythme que celui de sa bouche. Mes bourses se contractèrent de désir et je jetai coup d'œil à Adam pour voir comment il réagissait.

— Il est doué ? demandai-je, la voix rauque alors que je me battais pour garder le contrôle.

— Ouais, parvint à dire Adam. Carrément doué. Je vais avoir besoin d'une minute. Je n'ai pas encore envie de jouir.

Niall se retira immédiatement, en nous souriant.

— Moi non plus. Je peux ralentir les choses. Je vais m'occuper de Finn.

Il lâcha son propre sexe et me guida dans la chaleur

humide de sa bouche. De son autre main, il tenait les bourses d'Adam, les pressant légèrement.

Putain. Ses lèvres étaient incroyables. Il avait renoncé à se masturber et utilisait son autre main à la base de ma verge, caressant en même temps qu'il suçait et déplaçait mon prépuce sur mon gland juste comme il fallait. Je fermai les yeux et gémis, incapable de me retenir.

— Je suis proche, le prévins-je, alors il arrêta de me sucer et se tourna vers mon ami.

Il passa de l'un à l'autre pendant un moment, jusqu'à ce qu'il se retire finalement et se lève.

— J'ai mal aux genoux.

Il embrassa Adam, puis moi.

— Vous ne vous êtes pas encore embrassés. Ne soyez pas timides. Je veux voir ça, je parie que vous serez superbes tous les deux.

Je tournai la tête pour faire face à Adam.

— C'est d'accord ?

Il hocha la tête. Alors je pris son visage dans mes mains et pressai ma bouche contre la sienne. Adam écarta ses lèvres de bon gré et nos langues glissèrent ensemble. La passion éclata, chaude et puissante, et il m'était difficile de la contenir. Je voulais ramper en lui, le toucher partout, tout faire avec lui. Toutes ces années passées à ignorer mes sentiments ne signifiaient plus rien maintenant qu'il était nu dans mes bras et qu'il me rendait mon baiser comme s'il ressentait la même chose. Je gémis contre lui, et il fit écho, glissant une main derrière ma tête, me serrant contre lui.

QUINZE

ADAM

Perdu dans le baiser, j'avais presque oublié que nous n'étions pas seuls. L'hôtel aurait pu être en feu ou s'écrouler autour de nous que je ne l'aurais pas remarqué. Rien d'autre ne comptait que les lèvres de Finn sur les miennes, ses mains sur mon visage, sa langue dans ma bouche.

— Eh bien, putain. C'est un sacré baiser pour deux meilleurs potes. Vous êtes sûrs que vous ne baisez jamais ensemble ?

Le ton taquin de Niall me fit revenir à la réalité et je ressentis un éclair de culpabilité pour l'avoir négligé. Le pauvre avait passé dix minutes à genoux à nous sucer, et voilà que nous l'ignorions.

— Pas jusqu'à maintenant, en tout cas, répondit Finn d'un ton léger. Mais Adam a été en couple pendant des années. Il est enfin libre, alors qui sait ?

Mon estomac se tordit dans un mélange d'excitation et de nervosité. Qu'est-ce que ça voulait dire ? Est-ce que Finn avait envie qu'on remette ça, juste tous les deux ?

— Eh bien, je suis heureux d'être le catalyseur, tant que je peux jouer aussi, gloussa Niall.

— Oui, désolé.

Je me penchai et caressai son membre, qui était dur et collant. Nous regarder avait visiblement excité Niall.

— On va s'occuper de toi. Installe-toi sur le lit.

Niall s'allongea sur le dos et nous le rejoignîmes, l'embrassant à tour de rôle tout en caressant son torse, en taquinant ses tétons et en serrant sa queue jusqu'à ce qu'il se rue dans nos mains, quémandant davantage.

— Bandes d'allumeurs, gronda-t-il avec un sourire.

Je finis par le rejoindre et écartai ses jambes pour pouvoir me glisser entre elles.

— J'ai besoin d'une capote pour te sucer ?

J'enfouis mon nez dans le pli de son aine, respirant l'odeur masculine entêtante de son excitation.

— Non. C'est bon.

Je le guidai dans ma bouche. Il avait une belle queue – pas trop grosse, et je pus la prendre tout entière sans m'étouffer – et c'était agréable de la sentir entre mes lèvres. Le goût de son liquide préséminal était salé quand je le suçais. Je levai la tête et vis qu'ils m'observaient tous les deux.

— Oh oui, ne t'arrête pas, haleta Niall.

— Ouais, approuva Finn, en se baissant pour caresser ma joue.

Leurs paroles ne firent que m'exciter toujours plus. Le fait que Finn me regarde pendant que je donnais du plaisir à Niall ranima ma confiance d'une manière que j'avais rarement ressentie pendant le sexe. J'y mis toute mon énergie, en utilisant toutes les astuces pour faire gémir Niall et le prendre tout au fond de ma gorge jusqu'à ce qu'il gémisse.

— Stop. Stop.

Je me retirai rapidement.

— Tu vas bien ?

— Ouais, juste... Je ne veux pas jouir comme ça. Je veux que tu me baises. Ou Finn... Peu importe qui, mais j'ai besoin d'une queue en moi.

Je regardai Finn qui haussa les épaules.

— Tu l'as vu en premier.

— OK.

J'étais plus que prêt à baiser Niall, mes bourses étaient lourdes du besoin de jouir après qu'il m'avait sucé. Je me levai pour aller chercher des préservatifs et du lubrifiant dans ma trousse de toilette dans la salle de bains, et quand je revins, Finn avait enfoncé un doigt en Niall qui arquait son dos pendant que Finn l'enfonçait plus profondément.

— C'est bon, déclarai-je en laissant tomber le lubrifiant sur le matelas. Prépare-le pendant que je mets la capote.

Le temps que je sois prêt, les gémissements de Niall étaient aigus et exigeants, et son gland suintait alors que Finn effectuait de lents va-et-vient en lui.

— Et voilà, bébé, déclara Finn, ce surnom désinvolte s'échappant comme s'il lui était habituel.

Il ne m'avait jamais appelé ainsi avant. Pourtant à ce moment-là, ça semblait étrangement juste, comme si nous étions un couple et que Niall était un troisième partenaire que nous avions invité pour la soirée.

— Fais-le jouir avec ta queue.

Il retira ses doigts et se déplaça sur le lit.

— Baisse-toi un peu, Niall. Je veux être derrière toi.

Niall accepta, et Finn posa un oreiller sous sa tête. Il s'agenouilla derrière lui, les jambes écartées, sa queue pointant vers le haut.

— Maintenant, donne-moi tes jambes.

Niall les écarta volontairement, puis ramena ses genoux vers ses épaules. Finn attrapa ses jambes et les tint ouvertes pour moi.

— Seigneur, marmonnai-je, ma verge tressautant à cette vision.

Le trou de Niall était rose et serré, brillant de lubrifiant.

— Baise-moi, supplia-t-il, les mains se crispant sur les draps froissés.

Il n'eut pas besoin de le demander deux fois. Je guidai mon membre vers son trou, appuyant jusqu'à ce que son corps me laisse entrer. Une fois la première barrière franchie, il n'y eut plus aucune résistance. Il était serré, mais je poussai profondément jusqu'à ce que mes bourses soient au niveau de son cul.

— Oh putain, ça fait du bien, gémis-je.

— Ouais ? demanda Finn. Tu vas le faire jouir avec ta queue ? Le baiser à fond ?

— T'es prêt ? m'enquis-je auprès de Niall qui hocha la tête, l'air désespéré.

— Oui. Baise-moi. J'ai besoin de jouir.

Je me retirai, plongeai de nouveau, et Niall gémit. Manifestement, il n'avait pas besoin que j'y aille doucement. Alors je continuai, le baisant plus fort, regardant mon sexe disparaître en lui.

— Putain, c'est si torride, murmura Finn.

Il regardait attentivement, sa queue était dure et suintait tandis que je baisais Niall.

— Ouais, haletai-je, à bout de souffle.

L'orgasme grimpait, je craignais de jouir trop vite, mais il s'avéra que ce n'était pas un problème.

— Oh, mon Dieu.

Les yeux de Niall s'ouvrirent et il saisit sa queue, l'effleurant à peine avant de crier et de se crisper, projetant d'épaisses traînées blanches sur ses abdominaux. Je le baisai pendant tout ce temps, son corps qui se contractait autour de moi étant presque suffisant pour me faire basculer aussi, mais pas tout à fait. Une fois qu'il eut fini, je continuai, mais Niall me repoussa.

— Désolé, désolé. C'est trop maintenant.

Je gémis de frustration en me retirant, mes bourses me faisaient mal.

— De quoi tu as besoin ? demanda Finn. Tu veux que je te suce ?

— Oui... non. Je ne sais pas.

Des visions de multiples possibilités envahirent mon esprit. Il y avait tellement de choses que je voulais faire avec Finn, mais ce serait impossible de tout réaliser en une seule nuit.

Niall était allongé et nous regardait, l'air brumeux.

— Tu peux te branler sur moi si tu veux.

Il n'avait pas l'air d'être capable de proposer grand-chose d'autre à cet instant.

— Qu'est-ce que tu veux, Adam ? demanda à nouveau Finn.

Ses yeux sombres étaient rivés sur moi d'une manière qui m'empêchait de penser correctement. J'avais l'impression qu'il y avait une réponse qu'il voulait entendre, mais je n'étais pas sûr de ce que c'était.

— Qu'est-ce que, toi, tu veux ?

Il ne s'agissait pas que de moi. Soudain, j'avais besoin de savoir ce que Finn voulait, sur quoi il fantasmait, comment il imaginait la suite de la soirée.

La tension était épaisse autour de nous et la chaleur oppressante, alors que nous nous fixions l'un l'autre.

Finalement, Finn déglutit, et sa voix était rauque quand il dit :

— Je veux te baiser.

Tant mieux, parce qu'en faisant défiler mes fantasmes, c'était celui sur lequel je revenais sans cesse.

— Ouais, soufflai-je.

— Oh oui, bon sang, ajouta Niall. Je veux vraiment voir ça.

Il se décala et tapota le matelas à côté de lui.

— Viens ici.

Je m'allongeai avec précaution à côté de lui, le drap rugueux contre mes coups de soleil, et j'enlevai le préservatif pendant que Finn en déroulait un sur son érection. Niall caressa mon torse et se pencha pour m'embrasser, avec douceur et sensualité.

— C'était si torride, murmura-t-il. Je suis désolé d'avoir joui si vite, mais tu m'as si bien baisé, et avec Finn qui tenait mes jambes comme ça, tu frappais exactement au bon endroit, et...

— C'est bon.

Je pris sa joue et l'embrassai à nouveau.

— Ça a fait du bien à mon ego, pour être honnête.
Niall gloussa.

— Et puis, comme ça, tu peux te faire baiser aussi. Le meilleur des deux mondes, pas vrai ?

— Ouais.

Mon cœur manqua un battement à l'idée de ce qui allait se passer.

— Hé. Je suis prêt. Et toi ?

Finn s'agenouilla au pied du lit en nous regardant avec un sourire espiègle.

— Passe-moi le lubrifiant, déclarai-je.

Niall obéit. J'en déposai un peu sur ma paume et écartai mes jambes, l'étalant contre mon entrée. Pendant que je me touchais, j'observais Finn. Son regard était fixé sur le mouvement de mes doigts, et le désir évident sur son visage fit monter la chaleur en moi. Drew ne m'avait jamais regardé comme ça en cinq ans de vie commune. Il avait toujours eu l'air plus impatient qu'excité quand je me préparais pour lui, mais Finn me matait comme si je lui offrais un spectacle. Je jouai le jeu, en faisant tourner mes doigts, et en gémissant quand j'en poussai un, puis deux, en moi. Niall caressait toujours mon torse, effleurant mes tétons et les faisant durcir pendant que je m'ouvrais à Finn avec mes doigts.

Ce dernier se rapprocha, avançant à genoux jusqu'à ce qu'il se retrouve entre mes jambes écartées. Il posa ses mains chaudes sur mes cuisses. La sueur picotait là où on se touchait.

— Bon sang, Adam. Tu es si sexy, putain.

— Je suis prêt, finis-je par dire, en retirant mes doigts.

Il se pencha vers moi et je crus qu'il allait guider son gland vers mon entrée, mais au lieu de ça, il m'embrassa. Profondément et lentement, avec une faim que je pouvais presque goûter. Il éloigna ses lèvres des miennes et embrassa ma gorge. Je rejetai la tête en arrière, savourant le raclement de ses dents et la succion de sa bouche sur ma peau délicate. Puis ses lèvres furent de retour sur les miennes et je gémis contre sa bouche, m'accrochant à ses hanches et essayant de l'amener là où je le voulais.

Il recula en gloussant et s'assit sur ses talons.

— Impatient.

— Oui !

J'étais trop excité pour être gêné de me montrer si exigeant. Je le voulais en moi et j'étais las d'attendre.

— Retourne-toi, alors.

Il me tapota la hanche.

— Je ne vais pas te baiser comme ça, ça va te faire mal aux épaules.

— Qu'est-ce qui ne va pas avec ses épaules ? demanda Niall.

— Coups de soleil, répondîmes-nous à l'unisson.

J'avais presque oublié dans le feu de l'action, mais maintenant que Finn me l'avait rappelé, je savais qu'il avait raison. Ma peau était trop sensible contre les draps et toute friction serait douloureuse.

— Viens. Face contre le matelas, le cul en l'air.

Finn me tapota de nouveau la hanche.

Mes joues brûlaient, mais je m'empressai d'obtempérer. À quatre pattes, j'attendis, chaque terminaison nerveuse en alerte, prêt pour le contact de Finn.

SEIZE

FINN

— Finn, s'il te plaît !

Adam écarta ses jambes, le cul offert.

C'était comme si tous mes fantasmes envers Adam étaient devenus réalité, à part le fait qu'il y avait une troisième personne avec nous. Non pas que ça me dérangeait que Niall soit présent, loin de là. C'était grâce à lui que le rêve avait pris corps. Et je lui étais incroyablement reconnaissant d'avoir joui si vite pour que je puisse baiser Adam. S'il avait joui avec Niall, il ne serait peut-être pas en train de me supplier de le prendre.

Je saisis les fesses d'Adam dans mes mains et les écartai.

— Putain, marmonnai-je.

C'était une bonne chose que j'aie eu le temps de me calmer après que Niall nous avait sucés plus tôt, sinon j'aurais eu peur d'exploser avant même d'être en lui.

— Putain, Adam, ton cul est magnifique. J'ai hâte de te pénétrer.

— Oui.

Son entrée se contracta et il me regarda par-dessus son épaule, le visage rouge et frustré.

— Allez.

Je tins ma verge à la base et laissai le gland glisser là où il voulait que je sois, là où je voulais qu'il soit. L'anticipation me tuait aussi, mais je ne pouvais résister à l'envie de le taquiner un peu plus longtemps.

Je frottai mon gland contre son trou, et il gémit, se poussant contre moi. Finalement, je m'enfonçai légèrement, jusqu'à ce que ses muscles se détendent pour me laisser entrer. La pression chaude et serrée autour de mon gland me coupa le souffle et, comme si j'avais appuyé sur un interrupteur, je perdis le contrôle. Je ne pouvais plus attendre. Je continuai, poussai profondément, Adam bascula en arrière et nous criâmes tous les deux. Je regardai avec étonnement l'endroit où nous étions réunis. Ma queue était enfouie dans le cul de mon meilleur ami et j'eus soudain une étrange et inappropriée envie de rire.

Putain, qu'est-ce qu'on était en train de faire ?

Mais Adam contracta ses muscles, se retira et se remit à se baiser sur ma queue, et ouais. Il n'y avait rien de drôle là-dedans. C'était incroyable. Pour quelle raison saugrenue n'avions-nous pas fait ça plus tôt ? Je pris ses hanches et commençai à bouger, m'enfonçant en lui avec lenteur.

— Ça va, là ? demandai-je, voulant être sûr avant d'accélérer le mouvement. C'est bon ?

— Tellement bon, putain. Vas-y plus fort.

— OK.

Je m'exécutai, le pénétrant si brutalement qu'il fit un bond en avant. Je l'agrippai par les hanches, le gardant là où j'avais besoin de lui. En faisant bouger mon bassin, je poussai encore et encore dans la chaleur serrée de son corps. D'après les sons qu'Adam faisait, je savais qu'il aimait ça autant que moi.

— Vous allez si bien ensemble.

Niall était allongé sur le lit à côté de nous, nous matant, sa main sur sa queue. Il était de nouveau en érection, se branlant tandis que son regard nous parcourait, appréciant chaque détail du spectacle pornographique en direct devant lui.

Son admiration flagrante fit monter la chaleur dans mes bourses. Avoir quelqu'un qui me regardait prendre Adam comme ça, être témoin de la façon dont nos corps se mouvaient ensemble, comme si nous l'avions fait des milliers de fois auparavant, ne fit qu'augmenter l'intensité. J'étais proche à présent, et j'avais tellement besoin de jouir que je n'étais pas sûr de pouvoir tenir plus longtemps.

Je ralentis un peu pour retarder mon orgasme.

— Comment tu vas, bébé ?

Je tendis le bras vers le sexe d'Adam. Il était dur, humide, et glissant de liquide préséminal, et alors que j'enroulais mes doigts autour de lui et le caressais plusieurs fois, il gémit désespérément.

— Je suis si près... haleta-t-il. Baise-moi encore, s'il te plaît, ne t'arrête pas.

J'essayai d'accélérer le rythme et de le caresser en même temps, mais je ne pouvais pas le baiser aussi fort qu'il en avait besoin. J'attirai l'attention de Niall.

— Tu peux l'aider ?

— Bien sûr.

En souriant, Niall se rapprocha et passa la main sous

l'estomac d'Adam pour prendre le relais. Il se branlait toujours avec son autre main.

J'agrippai les hanches d'Adam et y allai à fond, le baisant plus fort et plus vite que jamais. La sueur coulait dans mon dos et mes muscles brûlaient, mais rien n'avait d'importance à part faire jouir Adam pour que je puisse enfin me lâcher.

— Jouis, bébé, haletai-je. Jouis avec ma queue en toi. Je veux te sentir éjaculer.

— Putain, cria Adam.

— Oh, ouais il jouit, souffla Niall.

— Putain, oui. Finn !

Avec mon nom sur ses lèvres, Adam s'effondra, gémissant et frissonnant alors que son trou pulsait en rythme autour de moi.

Je m'abandonnai, laissant mon orgasme me traverser tandis que je faisais quelques va-et-vient supplémentaires, si profondément, comme si j'essayais de ramper à l'intérieur de lui. Ma queue se mit à trembler alors que je me vidais dans le préservatif, dans Adam, dans une vague de plaisir pur et de sensations aveuglantes.

Je m'effondrai en avant, respirant difficilement, les cuisses tremblantes par l'effort. Adam haletait aussi, sa cage thoracique se soulevant à chaque respiration. À côté de nous, Niall se branlait toujours en utilisant ses deux mains, sa queue humide et brillante – avec le sperme d'Adam, me rendis-je compte, ma verge donnant un dernier faible mouvement à cette pensée. Niall se redressa en serrant les poings, ses abdominaux se contractèrent alors qu'il haletait et jouissait pour la deuxième fois. C'était moins fort cette fois, mais il réussit quand même à s'éclabousser le ventre.

Mes jambes me lâchaient, alors je me retirai prudemment d'Adam qui s'affala immédiatement sur le lit à côté de Niall. Ce dernier tendit la main vers lui, et je sentis une vive piqûre de jalousie quand Adam l'embrassa. Je voulais cette douce et paresseuse rémanence pour moi, mais je combattis mon malaise en m'occupant du préservatif.

— Vous êtes dans un sale état, dis-je avec légèreté en m'allongeant derrière Adam, une main possessive sur sa hanche.

Ils étaient tous les deux couverts de sperme et la pièce entière puait le sexe et la sueur.

— Je m'en fiche.

Adam se retourna pour me faire face, affichant un sourire qui fit battre mon cœur plus vite.

— C'était incroyable.

Il m'embrassa, lentement et profondément, et ce fut presque trop. Je rompis le baiser, ma poitrine était serrée.

Niall était appuyé sur un coude et nous observait, et quand je croisai son regard par-dessus l'épaule d'Adam, il semblait avoir compris. Peut-être que je n'arrivais pas à cacher mes sentiments aussi bien que je l'avais espéré. Adam pouvait-il deviner ce que je pensais ? Mais il était alangui et rassasié, trop embrumé pour remarquer mes réactions.

— Nous négligeons Niall.

Je me penchai sur Adam et pris la joue de Niall pour pouvoir l'embrasser aussi. J'avais besoin de quelque chose pour diluer les sentiments compliqués et malvenus qui essayaient de s'emparer de moi.

Finalement, Niall s'éloigna et bâilla.

— Je ferais mieux d'y aller, sinon je vais finir par m'incruster ici.

Il se leva et s'étira, en nous souriant.

— C'était génial, merci les gars.

Il récupéra ses vêtements et s'habilla rapidement, et quand il fut prêt, il revint vers le lit.

— On dirait que tu n'as pas envie de bouger, dit-il à Adam.

— C'est si évident que ça ?

Adam émit un petit rire paresseux.

Niall se pencha et lui donna un dernier baiser, effleurant chastement ses lèvres.

— Dors bien. Je crois que ça ne va pas être difficile.

— Ouais, moi non plus.

Je me levai et remis mon boxer pour accompagner Niall à la porte.

Nous fîmes une pause dans l'embrasure de la porte, là où Adam ne pouvait pas nous voir depuis le lit.

— J'ai passé un bon moment, déclara Niall. Merci d'avoir partagé.

— Ça ne devrait pas être ma réplique ?

J'échouai totalement à paraître décontracté ; ma voix sortit rauque et tendue.

— Si tu le dis.

Niall me prit dans ses bras et m'embrassa. Il sentait l'eau de Cologne d'Adam. Puis il ajouta tranquillement :

— Mais j'ai déjà fait l'amour à trois avec des célibataires, tout comme avec des couples... et avec vous les gars ? J'ai carrément eu l'impression que vous formiez un couple.

— Nan, mon pote. Je ne pense pas. Je te l'ai dit, on est juste amis, niai-je aussitôt.

Les mots de Niall étaient trop intenses pour que je les comprenne. Mais maintenant qu'il avait planté une graine de doute, je savais que je n'allais pas être capable de penser à autre chose.

Je devais avoir l'air choqué, car Niall me tapota la joue.

— OK, si tu le dis, répéta-t-il avant d'élever la voix. On se voit plus tard, les gars ? Merci encore pour cette charmante soirée.

Et avec ça, il partit dans le couloir.

Le cœur battant et les paroles de Niall résonnant dans ma tête, je retournai dans la chambre pour faire face à Adam.

DIX-SEPT

ADAM

Je flottais encore sur un nuage post-orgasmique en écoutant le son de leurs voix tranquilles depuis le seuil de la porte. Je ne pouvais pas entendre ce qu'ils disaient, et mon esprit était trop occupé à revivre ce qui venait de se passer et à essayer d'y trouver un sens. Toute la soirée avait été bizarre, mais tout aussi incroyable. Niall avait été très amusant, mais Finn...

Seigneur.

Le fait qu'il me baise avait été inouï, pas seulement physiquement, mais aussi mentalement. C'était mon meilleur pote, la personne en qui j'avais le plus confiance dans le monde entier, et pourtant, je ne m'étais jamais permis de penser à lui autrement que comme un ami jusqu'à ces derniers jours. Objectivement, je l'avais toujours trouvé attirant, mais il était mon ami et j'avais toujours séparé et compartimenté l'amitié et le sexe, tracé une ligne claire à ne pas franchir avec Finn. Désormais, cette frontière, partiellement effondrée, avait été réduite en miettes au cours d'une baise passionnée. Est-ce que je pourrais un jour être capable de séparer les deux à nouveau ? Est-ce que j'en ai envie ? Est-ce que Finn le voudrait ?

Mon estomac se tordit quand j'entendis la porte se fermer, et je me préparai au retour de Finn. Me rendant compte que j'étais toujours nu, je remontai le drap pour couvrir mon aine, me sentant soudain gêné, ce qui semblait ironique étant donné qu'une demi-heure plus tôt, j'étais à genoux à supplier Finn de me donner sa queue.

— Salut, dit Finn en s'arrêtant au bord du lit et en me regardant.

— Salut.

Mon cœur battait à un rythme effréné alors que nous nous fixions l'un l'autre.

— Alors c'était... amusant.

Son visage afficha un sourire nerveux.

Je pouffai de rire.

— Ouais.

Amusant était une façon de décrire ce qui venait de se passer. Époustouflant en était une autre, tout comme troublant.

— Je suis crevé, mais j'ai vraiment besoin d'une douche avant de dormir, ajoutai-je après quelques secondes de silence.

— Moi aussi.

Me sentant audacieux, je demandai :

— C'est assez grand pour deux. Tu veux qu'on la prenne ensemble ?

Son sourire se transforma en quelque chose de plus détendu.

— Oui, autant en profiter.

Alors je me levai, et nous allâmes dans la salle de bains.

Finn enleva de nouveau son boxer, et quand l'eau commença à chauffer, nous primes une douche et nous nous savonnâmes.

— Tiens.

Je lui passai le shampoing.

— Merci.

Nos coudes se heurtaient de temps en temps, mais à part ça, nous ne nous touchâmes pas. Je voulais le faire, mais je n'étais pas sûr de la réaction de Finn. Maintenant que Niall était parti, toute l'espièglerie qui avait précédé s'était évaporée. Je ne regrettais pas ce que nous avions fait, mais peut-être que c'était le cas de Finn. Je détestais cette gêne entre nous et je ne savais pas quoi dire pour détendre l'atmosphère.

— J'ai fini, dis-je en sortant et en attrapant une serviette.

Je me séchai, puis enroulai la serviette autour de ma taille et me brossai les dents pendant que Finn finissait de se laver. Après avoir pissé rapidement, j'étais prêt à me coucher, alors je traversai la chambre, mis un boxer et me coulai dans le lit.

JE DORMIS PROFONDÉMENT, d'un sommeil sans rêve d'une personne légèrement ivre et totalement crevée, jusqu'à ce que je me réveille au petit matin pour aller aux toilettes. Finn remua quand je retournai dans le lit, et passa un bras lourd autour de ma taille, se collant derrière moi. Il était chaud contre ma peau brûlée par le soleil, mais je n'essayai pas de le repousser. Au lieu de cela, je fermai les yeux et tentai d'ignorer le tiraillement dans ma poitrine qui me donnait envie de me tourner dans ses bras et de le réveiller avec un baiser. Me demandant ce qui se passerait si je le faisais, je repensai à nos ébats de la veille et l'excitation m'envahit. Je soupirai. Maintenant que j'étais bien réveillé et excité comme jamais, il allait me falloir des siècles pour me rendormir.

Je finis par m'assoupir à nouveau alors que le jour se levait. Mes rêves furent très réalistes, et Finn figurait dans chacun d'entre eux, dans diverses situations et positions sexuelles. Dans le dernier rêve avant mon réveil, j'étais à genoux en train de le sucer. Les mains de Finn étaient dans mes cheveux et je me branlais, sur le point de jouir avec le goût de sa queue dans ma bouche. Je me réveillai en sursaut et me rendis compte que j'étais en train de baiser le lit, mon érection coincée entre mon corps et le matelas. Je voulais continuer, me caresser et me faire jouir, l'image de Finn et de moi en train de le sucer toujours claire dans mon imagination. Puis le son de la version vivante ronflant doucement à côté de moi me rappela que je n'étais pas seul. Je soupirai de frustration.

Lentement, prudemment, je me glissai hors du lit sans réveiller mon ami et me ruai dans la salle de bains. Je m'enfermai à l'intérieur et me tins devant le lavabo. Mon boxer autour des cuisses, je me regardai dans le miroir pendant que je me branlais. Mes joues étaient rouges et il y avait une marque sur mon cou. Je me souvins de la sensation des dents de Finn sur ma peau la nuit dernière et la chaleur se blottit dans mes bourses.

Je me laissai aller à penser à sa verge en moi. Je contractai mes muscles, sentant la légère sensibilité d'avoir été baisé par mon meilleur pote. Mon Dieu, je le laisserais

volontiers recommencer. J'aurais voulu qu'il soit là maintenant, derrière moi, à me pilonner. Ce serait tellement exal-
tant devant la glace, je pourrais voir son visage et il pourrait
voir le mien.

Je jouis, me mordant la lèvre pour m'empêcher de
gémir. Mon sperme toucha le bord de l'évier et coula sur le
sol. Après avoir nettoyé, je fis couler de l'eau froide et m'en
aspergeai le visage avant de remplir un verre et de le boire.

Une fois ma verge dégonflée et mes joues moins rouges,
je retournai dans la chambre.

— Bonjour.

Mon cœur bondit au son de la voix de Finn, rauque de
sommeil. Il était assis dans le lit, m'observant, et son regard
provoquait des fourmillements sur ma peau.

— Salut.

Est-ce que j'imaginais la chaleur dans ses yeux, ou
pensait-il à ce que nous avions fait la nuit dernière ?

Je jetai un coup d'œil à son entrejambe, mais le drap
la recouvrait. Me détournant, j'ouvris un tiroir, ne
voulant pas me retrouver au lit avec lui. J'avais peur de
ne pouvoir cacher mes nouveaux et confus sentiments
pour lui. J'étais censé avoir une aventure de vacances
pour oublier Drew, pas tomber amoureux de mon
meilleur ami. Ça ne faisait pas partie du plan. J'avais
besoin de me ressaisir, de mettre de l'espace entre nous et
de me vider la tête.

— Tu te lèves déjà ? demanda Finn.

— Ouais, répondis-je en prenant un short. Je veux aller
courir avant qu'il ne fasse trop chaud.

Puis, après un moment, j'ajoutai avec désinvolture :

— Tu veux te joindre à moi ?

— Putain, non, gloussa-t-il. Je suis en vacances. Je vais redormir un peu.

J'étais soulagé parce que j'avais besoin de m'éloigner de Finn quelque temps. Mais ensuite, je me sentis coupable.

— D'accord, je vais sortir une heure ou deux, comme ça tu pourras faire la grasse matinée.

Je m'habillai rapidement, conscient de son regard sur moi. Je ne me retournai pour lui faire face que lorsque je fus prêt à partir.

— À plus tard, dors bien.

— Compte sur moi. Amuse-toi bien à avoir chaud, à transpirer et à être crevé.

Ses lèvres se recourbèrent et je rougis.

Normalement, j'aurais répondu en faisant une blague cochonne, mais je n'avais pas le cœur à ça ce matin.

Je partis, fermant discrètement la porte derrière moi avant de pousser un gros soupir dans l'intimité du couloir. La nuit dernière, tout avait été bizarre, et c'était entièrement ma faute. Finn n'agissait pas différemment. Qu'est-ce qui n'allait pas chez moi ?

Sous le soleil matinal et le ciel azur, je courus le long de la côte pendant plusieurs kilomètres, en passant devant quelques petites stations balnéaires, avant de faire demi-tour et de revenir. Alors que je courais, forçant un maximum, mes pensées se calmèrent et mon esprit s'éleva. J'étais probablement en train de faire tout un plat de rien. Peu importe que j'aie baisé avec Finn. Ça ne changeait rien. Niall était l'instigateur et ça ne serait jamais arrivé sans lui. Le fait que Finn et moi soyons des amis si proches rendait la chose un peu étrange – pour moi du moins – mais peut-être était-ce simplement parce que je n'avais jamais vraiment eu de *sexfriends* avant. J'avais toujours été du genre à avoir des liaisons longue durée. C'était nouveau pour moi, mais ça ne voulait pas dire que ça ne me plaisait pas. Je savais que Finn avait déjà eu des relations sexuelles avec des potes, peut-être que je devrais prendre exemple sur lui. Ce n'était pas comme si la fidélité avait bien fonctionné pour moi. J'avais besoin de me détendre et d'arrêter de me prendre la tête. Je pouvais considérer cela comme une expérience et me concentrer sur la recherche d'autres mecs avec qui m'amuser cette semaine.

Quand je rentrai dans notre chambre, Finn dormait, mais il remua et s'étira, même si j'avais essayé de ne pas faire de bruit.

— Comment s'est passée ta course ? demanda-t-il.

— Bien, merci. Tu as besoin de la salle de bains avant que je me douche ?

— Non, vas-y.

J'étirai mes jambes en attendant que l'eau soit chaude. Une fois propre, je rinçai mon équipement de course et le suspendis pour le faire sécher au-dessus de la barre de douche. Quand je ressortis avec une serviette enroulée autour de ma taille, Finn était debout et vêtu d'un short et d'un tee-shirt.

— Je suis affamé, déclara-t-il. Tu es prêt pour le petit déjeuner ?

Je mourais de faim. Le sexe de la nuit dernière et la course de huit kilomètres de ce matin m'avaient sacrément ouvert l'appétit.

— Carrément.

DIX-HUIT

FINN

J'essayai de ne pas reluquer Adam pendant qu'il s'habillait, mais je ne pus m'en empêcher. Maintenant que je l'avais baisé, c'était comme si je le voyais à travers une lentille totalement différente, une sorte de lentille sexy et porno qui le rendait exponentiellement plus attirant qu'il ne l'était auparavant. Sa peau était encore rougie par la course, et tout ce à quoi je pouvais penser, c'est qu'il rougissait aussi pendant l'amour, et à la manière dont je l'avais fait rougir la nuit dernière quand je l'avais embrassé et baisé.

Il y avait une marque sur son cou dont j'étais presque certain d'être le responsable, et je voulais la lécher, et peut-être sucer un peu plus sa peau.

Ma tête était pleine de tout ce que nous avions fait ensemble la veille, mais aussi de ce que nous n'avions pas fait. Pourquoi diable ne l'avais-je pas sucé quand j'en avais l'occasion, ou fait en sorte qu'il me suce, ou doigté, ou mis ma bouche sur son cul parfait. Il y avait tellement de choses que je voulais lui faire, et je n'en aurais probablement jamais l'occasion... à moins qu'il y ait une chance qu'il veuille recommencer.

Cette pensée était dangereuse. Adam cherchait simplement à s'amuser, et j'avais des sentiments pour lui depuis si longtemps. Même s'il était partant pour recoucher avec moi, il essayait toujours de se remettre de sa rupture avec Drew et n'était pas prêt pour une relation sérieuse. De plus, qu'est-ce que ça signifierait pour notre amitié si les limites étaient franchies ? Je ne pouvais pas prendre le risque de compliquer la situation entre nous. Il y avait beaucoup trop à perdre.

— OK, je suis prêt.

Adam me tira de mes pensées, se tenant devant moi avec un sourire incertain. Je me demandai ce qui avait transparu dans mon expression.

— Cool.

Nous prîmes l'ascenseur pour rejoindre le restaurant et nous glissâmes dans la file d'attente au buffet du petit déjeuner. Je jetai un regard furtif autour de moi pour voir si je pouvais repérer Niall. Je me demandais comment je réagirais si je le croisais, ou comment il se comporterait avec nous aujourd'hui. La façon dont la soirée s'était déroulée me donnait l'impression que, même s'il avait passé un bon moment, il n'était pas prêt à réitérer. Je ne pouvais pas lui en vouloir ; d'après ce qu'il m'avait dit, il s'était senti un peu exclu la nuit dernière. Et bien que mon instinct m'ait poussé à le nier, je savais qu'il avait raison. Mais je n'avais aucune idée si Adam l'avait remarqué, ce qu'il en pensait, et s'il pouvait avoir envie de coucher avec Niall à nouveau – sans moi. Ce n'était pas une pensée agréable.

Adam était clairement un peu bizarre ce matin.

Distant, mal à l'aise, et prompt à se lever pour aller courir. Je le connaissais assez bien pour savoir qu'il utilisait la course pour réfléchir. Je supposai que, comme moi, il se posait beaucoup de questions.

Désireux de clarifier le sujet, je décidai de l'aborder une fois que nous fûmes assis avec notre petit déjeuner.

— Alors, est-ce qu'on a besoin de parler de la nuit dernière ?

Je gardai mon regard rivé sur ma tartine pour en étaler le beurre plutôt que de croiser son regard. J'essayai de garder une voix décontractée, mais n'y parvins pas vraiment.

— Je suppose que si tu en parles, alors on en parle ?

Adam avait l'air aussi faussement détendu que moi, malgré ma tentative pour paraître décontracté. Donc oui, nous avions vraiment besoin d'avoir cette conversation.

Quand j'osai lever les yeux sur lui, il soutint mon regard, les joues rouges sous ses taches de rousseur.

— Je ne veux pas que ça crée la moindre gêne, dis-je honnêtement.

— Ouais, souffla-t-il timidement. Moi non plus. C'est un peu bizarre quand même, non ? Parce que nous n'avons jamais fait ça avant... Enfin, pas l'un avec l'autre.

Je gloussai, la tension retomba.

— Ouais. C'est vraiment bizarre.

— Je n'arrête pas de me le remémorer et de me dire « putain ! J'ai fait ça avec Finn. » Tu es mon meilleur ami, et je ne sais pas comment réagir à ce propos. Mais je sais que je ne veux pas que ça change quoi que ce soit entre nous.

Ses mots déclenchèrent un sursaut de déception. Je devais admettre qu'au fond de moi, j'avais espéré que la nuit dernière changerait notre relation, que je deviendrais davantage que son meilleur pote. Mais manifestement, Adam n'avait pas le même ressenti, alors je me repris rapidement.

— Ça ne changera rien. On a baisé. Et alors ? J'ai baisé avec beaucoup de mes amis. Ça ne changera que si on le veut.

Je laissai l'idée en suspens.

— OK. Tant mieux.

Merde. J'avais espéré qu'il morde à l'hameçon, mais pas de chance.

— C'était assez génial quand même, ajouta-t-il.

Je repris espoir ; peut-être qu'il allait suggérer de répéter l'expérience.

— Vraiment ?

Mais il se contenta de hocher la tête avec un sourire timide qui me donna envie de l'embrasser.

— Ouaip.

— Juste ce dont tu avais besoin pour oublier Drew ?

Son sourire s'élargit.

— Drew qui ?

J'éclatai de rire.

— Tant mieux.

Il y eut une pause, et la conversation sur le sujet sembla close. J'étais content que nous ayons mis les choses au clair, à présent, nous pouvions profiter du reste de notre semaine au soleil.

— Alors, demandai-je après avoir bu une gorgée de mon café. Qu'est-ce que tu veux faire aujourd'hui ?

· · ·

NOUS PASSÂMES une journée paresseuse au bord de la piscine. La rougeur sur les épaules d'Adam s'était bien estompée, mais il semblait plus sage de rester à l'ombre. Il portait le tee-shirt que je lui avais acheté pour nager, mais il passa la plupart de la journée allongé sous un parasol. Je veillai à ce qu'il se badigeonne suffisamment de crème solaire malgré l'ombre, et je surveillai la course du soleil comme un faucon, bougeant le parasol au fur et à mesure qu'il se déplaçait dans le ciel.

— Merci, dit Adam lorsque je me levai et décalai le parasol pour la troisième fois. C'est comme avoir un serviteur qui s'occupe de tous mes besoins.

— Ouais, certes. J'aimerais aller à la plage demain, donc c'est dans mon intérêt de te garder couvert aujourd'hui, bluffai-je.

En fait, j'aimais bien m'occuper de lui, mais je ne l'aurais jamais admis.

— Ils ont des planches à voile, des kayaks et des trucs à louer. Ça te dirait d'essayer, un de ces quatre ?

— Ouais, ça a l'air génial.

Quand nous en eûmes assez de rester allongés au bord de la piscine, nous remontâmes dans notre chambre et prîmes une douche à tour de rôle. J'y allai en premier et, sous la douche, je pensais que nous avions prise ensemble la nuit dernière, souhaitant qu'Adam soit là avec moi maintenant.

Son regard se promena sur mon torse quand je sortis et qu'il me croisa pour entrer dans la salle de bains, mais se rendant compte que je l'avais surpris, il détourna le regard.

· · ·

— TU VEUX SORTIR DÎNER ce soir ? Ou manger à l'hôtel ? demandai-je à Adam une fois rhabillé. J'étais assis sur le lit à faire défiler *TripAdvisor* sur mon téléphone, en train de chercher des restaurants et des bars qui pourraient nous plaire.

— Je suis partant pour manger dehors.

— Il y a quelques établissements près de la plage qui ont l'air sympa. Ensuite, on pourrait aller dans un bar ou deux, ou en boite, si tu veux ?

Adam fronça le nez.

— Ouais, je ne sais pas trop. Je suis assez crevé, donc on verra comment je me sens après le dîner et quelques verres. Mais si tu as envie de faire la fête, ou de te trouver quelqu'un, ne te réfrène pas à cause de moi.

J'y réfléchis pendant un moment, mais je conclus que je n'avais aucune envie de sortir et de me trouver un mec. Je préférais rester avec Adam.

— Non. C'est pas pareil sans mon coéquipier. Bon sang, je n'aurais pas baisé du tout la nuit dernière si tu n'avais pas été là.

— Je ne suis pas certain d'être encore considéré comme un coéquipier si c'est moi que tu baises, répondit Adam en gloussant.

Soulagé qu'il semble plus à l'aise à propos de ce qui s'était passé après une journée pour s'habituer à l'idée, je souris.

— Ouais, bien vu. Mais tous les meilleurs coéquipiers doivent être prêts à être flexibles en cas de sécheresse.

Adam grogna, mais je ne manquai pas le mouvement de sa main lorsqu'il baissa le bras pour s'ajuster. Cette conversation emmenait manifestement son esprit dans des endroits coquins.

— Eh bien, voyons ce qui se passe après le dîner et les boissons. Tu pourras peut-être me persuader de sortir un moment.

DIX-NEUF

ADAM

Nous dînâmes dans un petit restaurant de tapas où nous avions acheté divers plats à partager. La nourriture était bonne et le vin rouge qui l'accompagnait effaça rapidement les derniers vestiges de gêne qui subsistaient de la nuit précédente.

Je n'arrêtais pas de penser à Finn. Après des années passées à ne le considérer que comme un ami, mon attirance croissante pour lui depuis que j'avais emménagé dans son appartement était étrange, mais gérable. Cependant, maintenant qu'elle était ancrée dans l'expérience, elle était viscérale et difficile à ignorer. Je me surpris à regarder ses mains et à les imaginer sur mon corps. Quand il léchait l'huile d'olive sur ses doigts, je l'imaginais en train de me lécher la queue, et chaque fois qu'il souriait ou riait à propos de quelque chose que je disais, mon cœur se soulevait puis se tordait de désir.

Je vidai mon verre en espérant qu'un peu d'alcool dans mon organisme me distrairait de ma nouvelle obsession pour Finn. Peut-être qu'aller dans un bar, flirter avec d'autres hommes, serait le seul moyen d'oublier ce béguin stupide qui me faisait tripoter mes couverts et perdre le fil de notre conversation. J'étais aussi nerveux que si je me retrouvais à un premier rendez-vous et c'était dingue. C'était Finn, que je connaissais mieux que quiconque au monde.

— Tu veux aller dans un bar ? demandai-je alors que nous attendions l'addition.

— Je pensais que tu étais fatigué, répondit Finn en levant les sourcils.

— Ouais, mais on s'en fout. On est en vacances, autant en profiter un maximum.

— OK alors, déclara-t-il en souriant. Il y en a quelques-uns le long du rivage qui ont l'air de valoir le coup d'œil. Allons-y.

LE PREMIER BAR était animé mais organisait une soirée karaoké qui ne nous intéressait pas. Le deuxième était mieux – assez fréquenté pour être attractif, mais pas bondé au point de ne pas pouvoir bouger. C'était clairement un bar gay, ou du moins une soirée LGBT, car la plupart des clients étaient des hommes, et des couples de même sexe s'embrassaient ouvertement sur la piste.

— Ça a l'air bien, tu veux prendre un verre ? demandai-je.

Finn hocha la tête.

— Ouais, bien sûr.

Nous nous dirigeâmes vers le bar et attendîmes d'être servis. Je sortis mon portefeuille.

— C'est ma tournée. Qu'est-ce que tu veux ?

— Juste une bière, ça ira.

Je souris.

— Pas de cocktail ce soir ?

— Nan. Je vais éviter, je crois.

Je commandai des bières pour nous deux et nous restâmes au bord de la piste de danse pendant que nous les buvions. Il y avait trop de bruit pour parler, alors nous observâmes les danseurs. Il y avait beaucoup de gars sexy, la moitié d'entre eux torse nu. Je les admirai, l'atmosphère m'excitant alors qu'ils dansaient, se touchaient, s'embrassaient, et prenaient du bon temps.

Quand nos verres furent vides, nous les posâmes sur la table.

— Tu en veux une autre ? demanda Finn à travers la musique.

Je secouai la tête.

— Tu veux danser ? s'enquit-il en levant les sourcils, avisant la piste.

J'acquiesçai, puis le laissai prendre ma main et me guider à travers la mer de corps en mouvement. La chaleur rendait ma peau moite et l'odeur musquée des autres corps masculins augmentait mon excitation, me rendant à moitié dur avant même que nous ayons commencé à danser.

Finn m'attira près de lui et nous bougeâmes ensemble facilement. Nous étions habitués à cela après des années passées ensemble sur des centaines de pistes de danse. Mais c'était différent ce soir. Une tension inhabituelle faisait picoter ma peau là où nous nous touchions et me donnait envie d'en avoir plus. Normalement, quand nous dansions ainsi dans un club, Finn regardait par-dessus mon épaule, à l'affût de toute personne qui semblait intéressée.

Il s'éloignait parfois à la recherche d'un mec qui pourrait prendre ma place, et qu'il pourrait éventuellement ramener chez lui – ou aux toilettes pour une rapide branlette ou une pipe. Ça ne m'avait jamais dérangé, parce qu'à l'époque, Drew m'attendait à la maison. Mais désormais, je me sentais dans l'expectative qu'il craque et se mette à rôder.

Mais il ne le fit pas.

Il garda son attention entièrement fixée sur moi, les mains sur mes hanches pour me garder près de lui, son souffle chaud dans mon cou, son regard ancré au mien quand il se reculait suffisamment pour établir un contact visuel. C'était enivrant et déroutant, et je me demandais ce que cela signifiait.

Quand nos lèvres se rencontrèrent, cela fut tellement évident que je n'eus pas envie de me poser de questions. Je ne sus même pas qui avait initié le baiser, c'était juste arrivé, comme la gravité, le magnétisme ou une étrange loi inconnue de l'univers qui nous avait rapprochés. Nos langues glissèrent l'une sur l'autre et nous partageâmes notre souffle. Mes jambes étaient flageolantes et j'étais reconnaissant que Finn me tienne solidement contre lui alors que l'excitation me submergeait.

Je me plaquai contre son corps et balançai mes hanches, j'en voulais plus.

Finalement, Finn rompit le baiser pour que je puisse voir son visage. Il tenait toujours mes hanches, ses doigts s'enfonçant fermement.

— Tu veux retourner à l'hôtel ? murmura-t-il à travers la musique.

Ses lèvres étaient humides et ses cheveux en désordre à

force d'y avoir emmêlé mes doigts. J'avais tellement envie de lui.

Je hochai bêtement la tête.

Il sourit et recula pour se diriger vers la porte. Je le suivis, le cœur battant, et mon sexe douloureux.

J'ÉTAIS CONFUS sur le court chemin du retour à l'hôtel. L'air frais m'éclaircit les idées et me donna assez de temps pour commencer à réfléchir. Finn était silencieux, marchant résolument à côté de moi, et je ne savais pas quoi dire. Je craignais que parler de ce qui se passait ne brise le charme, et même si je n'étais pas sûr que ce soit une bonne idée, je n'allais certainement rien faire pour l'empêcher.

Dès que nous fûmes seuls dans l'ascenseur, Finn me plaqua contre la paroi. J'écartai mes lèvres de bon gré, gémissant contre lui. Je me souvins qu'il avait fait la même chose avec Niall la nuit précédente, mais à présent, il n'y avait que nous. Personne pour atténuer l'intensité des mains de Finn sur moi, de sa langue dans ma bouche, de son érection pressée contre la mienne.

Nous faillîmes ne pas remarquer l'ouverture des portes de l'ascenseur à notre étage. Elles commençaient à se refermer quand je me ressaisis suffisamment pour les bloquer de mon pied.

— On est arrivés, haletai-je.

— Oh ouais, merde, gloussa Finn. Désolé. Je me suis un peu emporté.

— Je ne me plains pas.

Je lui pris la main et le tirai dans le couloir, en sortant la carte magnétique de ma poche.

Dès que nous entrâmes dans notre chambre, nous recommençâmes à nous embrasser. S'embrasser était facile, parce que cela nous évitait de parler. Mais dans ma tête, il y avait toujours un soupçon de doute.

Que faisons-nous ? Est-ce une erreur ? Comment pouvons-nous redevenir de simples amis après ça ?

J'avais honnêtement l'intention de dire quelque chose, de m'assurer que Finn voulait vraiment ce qui allait se passer. Mais il se mit à genoux, et ma braguette était déjà ouverte – comment avait-il fait ça ? – et avant que j'aie eu le temps de rassembler mes pensées ou de trouver les bons mots pour poser des questions, ses lèvres étaient au niveau du renflement de mon érection.

— Je peux te sucer ? demanda-t-il.

Eh bien, putain. Il semblait sacrément sûr de lui, puis ma capacité à penser rationnellement fut anéantie quand il se lécha les lèvres.

— Oui, soufflai-je.

Et sur ces mots, il baissa mon boxer, s'empara de ma queue, enroula ses lèvres autour de mon gland et me suça.

— Oh merde.

Je laissai ma tête s'écraser contre le mur et fermai les yeux. Si je le regardais, je risquais de jouir en dix secondes.

— Oh putain. Finn...

Après ça, parler fut impossible, parce que sa bouche était chaude et humide, il faisait des choses incroyables avec sa langue, et je ne pouvais que m'appuyer contre le mur en essayant de rester debout pendant qu'il me rendait fou.

J'entendis un bruissement, puis il gémit autour de ma queue. Je baissai les yeux pour le voir se branler pendant qu'il me suçait.

— Ne t'avise pas de jouir, haletai-je en retrouvant ma voix.

Il leva les yeux pour croiser les miens et haussa les sourcils en émettant un son interrogatif, alors j'ajoutai :

— Je veux te sucer après.

Il grogna et cessa de bouger sa main, se tenant fermement, de façon à ce que le bout sombre et brillant de sa queue sorte de son poing. Sa vue me mit l'eau à la bouche et mes bourses gonflèrent alors que j'imaginais comment elle serait dans ma bouche, quel goût elle aurait... Juste à temps, je réussis à lancer un avertissement.

— Je vais jouir !

Il m'aspira plus profondément, plus rapidement, ma verge palpita et je me répandis, mes jambes tremblant sous la force de mon orgasme. Quand j'eus fini, il ralentit son rythme, plus doucement, jusqu'à ce qu'il se retire enfin. Il avala et sourit.

— À mon tour ?

— Bien sûr, répondis-je en posant une main sur sa joue. Mais j'ai besoin de m'allonger avant de tomber, alors on peut le faire sur le lit ?

— Oui.

Je l'aidai à se relever et l'attirai près de moi pour l'embrasser. Son sexe dur heurta ma verge molle et je tendis la main pour le caresser brièvement. J'avais hâte d'y poser ma bouche.

Nous nous dirigeâmes vers le lit en trébuchant, jean autour de nos cuisses, aucun de nous ne voulant rompre le baiser. Quand nous y arrivâmes, nous nous séparâmes pour enlever nos chaussures.

— Et le reste ? dit Finn.

— Yep.

Nous nous déshabillâmes jusqu'à ce que nous soyons tous les deux nus, puis je poussai Finn sur le matelas et me glissai entre ses genoux. Même si je venais de jouir, j'étais à nouveau à moitié dur. Le voir étendu sous moi faisait perdre la tête. Il me regarda, ses yeux sombres affichant une expression vulnérable.

— Allez, Adam. S'il te plaît. J'ai besoin de toi.

Sa queue était dure comme une pierre et coulait sur son ventre, mais il gardait ses mains sur les côtés, attendant que je le touche.

— Tu es si sexy, soufflai-je. Putain, tu es magnifique.

Il écarta les jambes, remonta ses hanches pour que son érection soit plus accessible.

— Alors suce-moi. Fais-moi jouir.

Je me penchai sur lui, le guidant dans ma bouche. Il était salé par le liquide préséminal et je glissai mes lèvres le long de son membre jusqu'à ce que je sente la pression dans ma gorge. Finn gémit, ses hanches fléchirent, puis s'immobilisèrent comme s'il essayait de ne pas pousser. Je me retirai lentement pour faire tourner ma langue autour du gland avant de l'avaler à nouveau, encore et encore. Je saisis ses bourses d'une main, les massant doucement. Quand mes doigts effleurèrent son périnée, il haleta, alors je le caressai délibérément tout en le suçant, me retirant progressivement jusqu'à ce que le bout d'un doigt touche son entrée. Il ondula ses hanches.

— Putain oui. Fais-le.

Je me retirai assez longtemps pour sucer un de mes doigts avant de descendre à nouveau sur sa queue pendant que j'enfonçais mon index en lui. Il s'agrippa à moi, les muscles tendus alors qu'il haletait :

— Ouais, encore.

Je voulais ajouter un autre doigt, mais je n'avais pas envie de m'interrompre pour trouver du lubrifiant et je n'étais pas sûr que de la salive suffirait. Alors je fis avec ce que j'avais, le doigtant jusqu'à ce que je le fasse gémir.

— Oh putain, Adam. Putain.

Il jouit fort, son corps se cambra et il enfonça sa queue profondément dans ma gorge, son cul se crispant fortement autour de mon doigt alors que la pulsation de son orgasme le traversait. Je m'étouffai parce qu'il m'avait pris par surprise, et un peu de son sperme déborda de ma bouche. Je reculai pour avaler, et mis ma main libre autour de lui pour pouvoir le caresser, sa verge humide et glissante de sperme. Il était si beau, la tête rejetée en arrière, les yeux fermés, le corps tendu. Il prit une respiration tremblante et ouvrit les yeux.

— Tu vas bien ? demandai-je, ma main toujours sur sa queue, un doigt en lui.

— Ouais, répondit-il en souriant. Très bien.

Mon cœur s'emballa devant son sourire. Je retirai soigneusement mon index, puis me penchai en avant pour un baiser rapide.

— Je vais aller me nettoyer et te chercher du papier toilette.

Alors que j'essayais de reculer, il posa une main sur ma nuque, m'embrassant avant de finalement me laisser partir.

— OK.

Je me lavai les mains rapidement, le cœur battant à tout rompre en me regardant dans le miroir. Toutes les questions sur ce que nous étions en train de faire ressurgirent, plus fortes et plus insistantes. J'essayai de les faire taire.

De vivre le moment présent.

Après m'être séché les mains, je pris un peu de papier toilette et l'apportai à Finn qui était toujours étalé sur le lit, ressemblant à un rêve humide. Nu et couvert de sperme, ça lui allait bien.

VINGT

FINN

— Merci, dis-je quand Adam me tendit le papier toilette.

Il attendit, incertain, pendant que je me nettoyais. Je me demandai si je devais mettre un boxer, mais il était toujours nu. Alors, après avoir essuyé mon ventre et mon sexe, je me contentai de bouger en repoussant les draps, pour lui faire de la place à côté de moi. Il se mit au lit et se coula dans mon étreinte comme si c'était la chose la plus naturelle du monde.

Nous nous embrassâmes à nouveau, lentement et doucement, loin de la hâte et de la passion d'avant, et d'une certaine manière, ses lèvres sur les miennes mirent mon monde sens dessus dessous, encore plus que sa bouche sur ma queue. Mon cœur s'emballa sous une vague de désir qui m'effraya. C'était trop.

Je me détachai doucement et roulai sur le dos pour fixer le plafond. Adam laissa une main sur mon torse et je me demandai s'il pouvait sentir les battements frénétiques de mon cœur alors que je cherchais quelque chose à dire.

Je brisai enfin le silence inconfortable.

— Alors. C'est nouveau.

Ma voix était tendue, mais Adam ne sembla pas le remarquer.

Il pouffa.

— Je suppose, oui.

— Tu es d'accord avec ça ?

Je n'étais pas sûr de ce que « ça » signifiait exactement, mais j'espérais qu'il comprendrait l'essentiel de ma question.

Il y eut une pause.

— Je suppose.

Je tournai la tête pour regarder le visage d'Adam et essayer de jauger sa réaction lorsqu'il ajouta :

— C'est bizarre de faire des trucs comme ça avec toi. Mais c'est bien aussi.

— Ouais.

C'était vraiment bien, mais c'était dangereux, comme si je me frayais un chemin dans un champ de mines qui pouvaient exploser à tout moment.

— « Ouais » c'est bien ? Ou « ouais » c'est bizarre ? demanda-t-il.

J'essayai de sourire, mais je me sentais faible. Mon cœur se serra.

— Les deux.

— Est-ce que tu regrettes ? lâcha Adam, puis il rougit et détourna les yeux.

— Mon Dieu, non !

Je roulai à nouveau sur le côté et posai une main sur son visage, l'incitant à croiser mon regard pour voir mon expression.

— Pas le moins du monde.

En le disant, je me rendis compte que c'était vrai. Même si cela se terminait par une déception pour moi, je ne regretterai jamais d'avoir partagé ça avec lui – même temporairement – et j'étais déterminé à ce que, quoi qu'il arrive, cela ne gâche pas notre amitié. Adam était plus important pour moi que n'importe qui d'autre. Je trouverai un moyen de gérer mes sentiments.

Il sourit.

— Tant mieux.

Je me remis sur le dos, de peur de me trahir si je continuais à lui faire face, et nous restâmes allongés en silence pendant un moment.

Finalement, Adam bâilla.

— Je vais bientôt m'écrouler. Je devrais aller me brosser les dents.

— OK.

J'étais également fatigué, mais je me doutais que le sommeil me fuirait pendant un moment.

Le lit grinça quand Adam se leva. Il se baissa pour ramasser son boxer et j'admirai sans vergogne son cul pendant qu'il l'enfilait. J'écoutai sans rien faire l'eau couler, Adam se brosser les dents, puis le bruit de son pipi et de la chasse d'eau. Quand il sortit, je me levai pour l'imiter, m'arrêtant pour remettre mon boxer. Je me demandai s'il matait mon cul comme je l'avais fait avec lui.

Une fois que j'eus fini, j'éteignis la lumière principale et retournai dans le lit. Adam était allongé sur le dos, les yeux fermés. Mais sa respiration était superficielle et je soupçonnai qu'il n'était pas encore endormi. Peut-être qu'il ne voulait plus parler ce soir ; c'était sûrement mieux ainsi. J'étais trop vulnérable, mes sentiments pour lui étaient trop proches de la surface après ce qui venait de se passer entre nous.

La lumière de son côté du lit était déjà éteinte, alors j'appuyai sur l'interrupteur de la mienne et nous plongeai dans l'obscurité. Je me couchai sur le côté en faisant face à Adam, en essayant de résister à l'envie de me rapprocher et de le toucher. Mon cerveau était embrouillé, trop plein de pensées et d'émotions que je ne voulais pas analyser. J'essayai de ralentir ma respiration en souhaitant m'endormir très vite.

J'ignorais combien de temps s'était écoulé avant qu'Adam ne parle d'une voix douce.

— Finn ? Tu es toujours réveillé ?

J'envisageai brièvement de faire semblant de dormir, mais rejetai l'idée.

— Ouais.

Il y eut une si longue pause que je me demandai si c'était tout ce qu'il voulait savoir, mais il ajouta enfin :

— Est-ce que ce serait une très mauvaise idée si on continuait... tu sais. À coucher ensemble. Pendant qu'on est en vacances ?

Au fond de moi, je savais que c'en était une. Mais je savais aussi que je ne pouvais pas me résoudre à refuser si c'était ce que voulait Adam. Refoulant l'envie d'être trop enthousiaste, j'essayai de garder une voix décontractée, même si mon cœur battait la chamade.

— Comme... un flirt de vacances, mais l'un avec l'autre ?

— Ouais. *Sea, sex and sun.* C'est ce que les vacances sont censées être, non ?

— Oui. Absolument.

— Je veux dire, je sais que le plan était de coucher avec d'autres mecs, mais...

Mais quoi ? Me demandai-je. *Mais tu es pratique ? Tu es sexy ? Je te préfère aux autres types ?*

— Mais pourquoi est-ce que tu voudrais faire ça alors que tu as accès à ma queue, qui est clairement infiniment supérieure à toutes les autres ? répondis-je avec humour.

Il ricana.

— Oui, évidemment. Je serais fou de ne pas profiter de l'occasion.

Toute résistance était inutile.

— D'accord, dis-je avec une boule dans l'estomac, comme si je me jetais d'un haut plongeoir. Qu'est-ce qui pourrait arriver de pire ? J'étais déjà fou de lui. Mes sentiments avaient grandi lentement pendant des années et après les deux derniers jours, mon cœur était foutu, qu'on continue ou non à coucher ensemble cette semaine. Une aventure limitée dans le temps était mieux que rien, mieux que de ne jamais l'embrasser à nouveau.

— Génial.

Le lit bougea quand il se déplaça et il posa sa main sur ma hanche, enroulant son corps derrière le mien.

— Je suis content que tu aies dit oui.

Il y avait quelque chose dans sa voix qui fit vibrer mes sens : une douceur et une nostalgie qui me donnaient de l'espoir. Mais ensuite il ajouta :

— Tu es l'antidote parfait à Drew.

Mon estomac se serra douloureusement. Parce que c'était tout ce que ça représentait pour lui, une aventure pour se remettre de sa rupture. Je n'étais que son filet de sécurité, un divertissement pour amortir la douleur d'un cœur brisé.

Qui allait me rattraper quand je m'effondrerai à la fin de la semaine ?

Je ne trouvai pas de mots pour répondre, mais Adam était parfaitement inconscient de mon trouble intérieur. Se blottissant de nouveau contre moi, son souffle était doux et chaud contre ma nuque alors qu'il murmurait :

— Bonne nuit, Finn. Dors bien.

— Toi aussi, répondis-je d'une voix rauque.

Adam s'endormit rapidement après notre conversation. Sa main sur ma hanche devint lourde et finit par glisser alors qu'il se retournait sur le dos et ronflait doucement. Je restai éveillé pendant un long moment, repensant à ce que j'avais accepté, me cherchant des excuses. Je savais que j'aurais dû refuser, ou être honnête avec Adam sur ce que je ressentais. Accepter une aventure alors que cela signifiait tellement plus pour moi, c'était l'induire en erreur. S'il savait que j'avais des sentiments pour lui – en fait, j'étais amoureux de lui – il n'accepterait pas quelques coups d'un soir avec moi. C'était un homme trop bien pour ça et il ne prendrait pas le risque de me blesser s'il ne ressentait pas la même attirance. En cachant mes sentiments, je le motivais à faire une chose à laquelle il n'aurait jamais pensé s'il avait su. Mais il n'avait jamais eu besoin de savoir. J'avais réussi à traverser toutes nos années d'amitié sans me trahir. Je pouvais continuer à le faire.

Je devais le faire.

VINGT-ET-UN

ADAM

Je me réveillai le lendemain avec un sourire sur le visage et une sacrée trique. Finn était toujours profondément endormi à côté de moi, le drap autour de ses hanches, et il ne bougea pas quand je me retournai pour lui faire face. L'excitation m'envahit tandis que je l'étudiais dans la faible lumière qui filtrait à travers les rideaux. Tout semblait irréel. Les souvenirs de la nuit dernière et de la nuit précédente étaient tels des fantasmes étranges. Mais c'était arrivé. Il m'avait baisé, on s'était sucés, et dans un moment de folie, j'avais suggéré qu'on continue à s'envoyer en l'air.

En admirant l'angle de sa mâchoire, la courbe de son biceps, ses lèvres douces, je ne le regrettais pas. J'avais envie de lui, même si ça allait être difficile de rester détaché.

Peut-être que j'avais été stupide de m'engager dans cette voie avec Finn. Je n'avais jamais été doué pour séparer le sexe des relations. Je m'attachais aux gens et j'étais déjà attaché à Finn, parce que je l'aimais, même si c'était seulement en tant qu'ami. Quand ces vacances seraient terminées et que nous serions de retour à Londres pour reprendre nos vies, pourrai-je me contenter de son amitié ?

Finn n'était pas du genre à avoir envie d'être en couple, je le savais, donc je n'allais pas essayer de me persuader que ce petit détour dans notre amitié pourrait mener à un « heureux pour toujours ». Finn n'était jamais sorti avec quelqu'un plus de quelques semaines, et même en si peu de temps, il ne savait pas se montrer exclusif. Je devais être réaliste quant à mes attentes, ce qui signifiait les étouffer si jamais elles pointaient le bout de leur nez. Même si on continuait à baiser tous les deux après les vacances, je n'avais aucune illusion concernant la suite. Il serait probablement plus sûr pour mon cœur de me contenter de cette semaine uniquement. Un peu de folie pendant les vacances pour me remettre de ma rupture avec Drew.

J'aurais cru que toutes ces pensées profondes auraient fait retomber mon érection, mais non. J'étais encore tout dur rien qu'en regardant mon meilleur ami et en imaginant le toucher à nouveau. Je baissai la main et empoignai ma verge à travers mon boxer. Putain, ça faisait du bien. Est-ce que ce serait mal de commencer à me branler ? Ou est-ce que ce serait acceptable, maintenant qu'on s'était mis d'accord pour continuer à baiser tous les deux ?

Mais Finn se mit à remuer et se retrouva sur le dos. Le drap était bien tendu sur son corps et je pouvais clairement voir la ligne de sa gaule matinale. C'était comme si elle m'appelait, alors je lâchai ma verge et me glissai le long du lit jusqu'à ce que je sois au niveau de l'aine de Finn. Je repoussai le drap vers le bas pour révéler les contours de sa bosse à travers son boxer. Rien que de la voir, j'en avais l'eau à la bouche. Dommage qu'on ait mis des sous-vêtements, sinon j'aurais pu l'aspirer directement.

Quand je tendis la main et la caressai légèrement, Finn bougea mais ne sembla pas se réveiller. Je me déplaçai avec précaution pour chevaucher ses jambes, puis descendis doucement son boxer pour libérer son membre. Baissant la tête, je le léchai, puis le guidai dans ma bouche. Il n'était pas complètement dur, mais s'allongea et s'épaissit à mesure que je le suçais.

Finn poussa un gémissement et quand je levai les yeux, il ouvrit les siens et me regarda.

— Ouah.

Il enfouit une main dans mes cheveux.

— C'est bon ? demandai-je.

— Bien sûr que oui. Et c'est le meilleur des réveils. Continue.

J'obéis. J'utilisai toutes mes meilleures techniques, le taquinant pendant un moment en me retirant pour lécher ses bourses quand il fut proche, jusqu'à ce qu'il grogne.

— Arrête de m'allumer et fais-moi jouir.

— Ouah. Je ne savais pas que tu étais si grincheux le matin.

Je souris, puis y allai à fond. Je pris la base dans ma main, me concentrai sur son gland avec mes lèvres et ma langue. Il lui fallut moins d'une minute pour qu'il halète et jouisse dans ma gorge, ses doigts emmêlés dans mes cheveux et mon nom sur ses lèvres. Quand il eut fini, je rampai sur le lit pour un baiser rapide.

— Tu as le goût de sperme, gloussa Finn.

— Eh, ça compense l'haleine du matin.

— Ouais. Et puis merde. Viens ici. C'est ton tour.

Il m'attira à lui et m'embrassa à nouveau, lentement cette fois, tout en saisissant ma queue, qu'il commença à caresser.

C'était si bon, je me poussai contre lui, en gémissant. Ayant besoin de respirer, je rompis le baiser et enfouis mon visage dans son cou pendant qu'il me branlait.

— C'est bon ? Tu vas jouir comme ça ? demanda-t-il.

— Oui, n'arrête pas, haletai-je.

— On devrait faire un soixante-neuf la prochaine fois, déclara-t-il. Ce serait torride. Avoir ta queue dans ma bouche pendant que tu me suces. Tu veux essayer plus tard ?

— Oui.

Je voulais tout avec lui. Il me caressa plus fort, plus vite alors que mon esprit visualisait sa suggestion. Je m'appuyai sur mes bras pour voir son visage. Ses yeux étaient sombres, ses joues rougissantes.

— N'arrête pas, suppliai-je à nouveau.

Je ne savais pas si je parlais du mouvement de sa main ou du langage cochon, mais il continua les deux.

— Et je veux te baiser à nouveau, prendre mon temps avec toi, sans personne d'autre autour de nous. Je veux t'allonger et t'ouvrir avec ma langue jusqu'à ce que tu me supplies pour avoir ma queue.

— Oh oui. Putain !

Mon membre vibra et mon sperme jaillit entre nous, enduisant sa main tandis qu'il pompait chaque goutte de mon corps. J'observai son poing, collant de mon sperme, et mon sexe donna une dernière faible secousse. Les bras tremblants, je me baissai pour un dernier baiser sur les lèvres de Finn avant de me laisser tomber sur le dos à côté de lui, exalté après mon orgasme.

— C'est définitivement le meilleur réveil que j'aie jamais eu, déclara Finn, la voix chaude et satisfaite.

— Yep.

Même si mon cœur ralentissait, l'exaltation persistait, comme le soleil pénétrant ma peau.

NOUS NE PARLÂMES PLUS de ce qui se passait entre nous, ayant décidé de simplement suivre le courant. Prendre une douche ensemble semblait naturel, tout comme se chamailler pour avoir la meilleure place sous le jet d'eau.

Sur le chemin du petit déjeuner, je croisai le regard de Finn dans l'ascenseur et n'essayai même pas de résister à l'envie de l'embrasser. Nous ne nous séparâmes que lorsque les portes de l'ascenseur s'ouvrirent au niveau du restaurant, mais nous avions dû être un peu trop lents car un couple plus âgé qui attendait nous lança un sourire complice lorsque nous passâmes devant eux.

Après le petit déjeuner, nous retournâmes à la plage. J'avais oublié de prendre mon haut de plongée, alors même si je restai principalement à l'ombre d'un parasol que nous avions loué, Finn avait insisté pour vider la moitié d'une bouteille de crème solaire sur ma peau et la faire pénétrer bien plus profondément que nécessaire. Mais je ne me plaignis pas. Les coups de soleil, ça craignait, et le poids de Finn assis sur mon cul pendant qu'il étalait la crème sur mon dos et mes épaules me donnait l'impression qu'il me baisait.

Je me mordis la lèvre, me rappelant ses précédents propos obscènes. J'espérais qu'il ne se contenterait pas que de paroles, parce que je voulais vraiment que Finn me baise à nouveau, et s'il voulait d'abord me bouffer le cul, j'étais tout à fait d'accord avec ça.

— Tu veux que je t'en mette aussi sur le torse ?

La voix de Finn me ramena à l'instant présent.

— Hum, non merci. Je peux le faire moi-même plus tard.

La combinaison de ses caresses et de mes fantasmes avait créé un problème pas si petit que ça dans mon short.

— Mais il m'en reste encore beaucoup sur les mains, et je ne veux pas me mettre de l'indice 50 parce que j'essaie de bronzer. Allez, retourne-toi.

Il s'agenouilla, me libérant de son poids.

Je levai la tête et jetai un rapide coup d'œil autour de moi. La plage n'était pas encore trop fréquentée, et les personnes les plus proches étaient soit tournées de l'autre côté, soit allongées à plat ventre au soleil.

— Vas-y, dans ce cas.

Je roulai sur le dos. Au moins, désormais, je n'avais plus à cacher mon érection à Finn.

— Je vois que quelqu'un a apprécié le massage.

Finn sourit. Il prit la bouteille et fit couler davantage de crème.

— Je croyais que tu en avais déjà trop sur les mains ? déclarai-je avec méfiance.

— Je veux être minutieux.

— Ouais, ouais, ricanai-je. Si tu veux me tripoter, tu n'as qu'à le dire. Je pense qu'on a dépassé le stade où on a besoin d'une excuse, étant donné que je t'ai réveillé avec ma bouche autour de ta bite ce matin.

— C'est vrai.

Il se baissa à nouveau pour que son cul repose sur mon membre. En se penchant, il étala la crème solaire sur mon torse et jusqu'à mes épaules, effleurant mes tétons et les faisant durcir. Il ondula les hanches de manière subtile afin de frôler mon érection. Quand il fit descendre ses mains vers le bas, il glissa de nouveau ses fesses vers l'arrière. Il répéta son mouvement plusieurs fois et mon cœur battit plus vite alors que l'excitation m'inondait. Je jetai un coup d'œil vers lui et remarquai qu'il était tout aussi dur, son sexe épais couché sur le côté dans son caleçon ajusté.

— Tu me tues, marmonnai-je.

— Considère ça comme des préliminaires.

Il continua, se frottant contre moi sur la plage en plein jour.

— Finn, s'il te plaît. Je ne veux pas jouir dans mon maillot, ou être arrêté pour indécence publique.

— Ouais, ce serait un peu contrariant. Gardons ça pour notre chambre. J'ai fini, ta vertu est sauve.

Il me libéra, et quand je me mis sur le ventre, il s'allongea à côté de moi, assez près pour que nos bras se touchent.

Je fermai les yeux et souris.

VINGT-DEUX

FINN

Après quelques heures de soleil, de mer et de sable, mon esprit se tourna vers l'idée de faire l'amour – non pas qu'il s'en soit éloigné avec Adam allongé à moitié nu à côté de moi. Je pouvais deviner qu'il y pensait aussi, pas seulement à cause de la trique qu'il avait eue quand je l'avais enduit de crème solaire tout à l'heure, mais aussi parce que je le surprenais sans cesse en train de m'observer quand il pensait que je ne le regardais pas.

Lorsque la chaleur du soleil et la tension sexuelle devinrent trop intenses, je roulai sur le côté et fis glisser un doigt le long de sa colonne vertébrale. Sa peau était humide de sueur et de crème.

— Hé, tu es prêt à retourner dans notre chambre ?

Ma voix sortit plus sensuelle que je ne l'avais prévu.

Il tourna la tête et me sourit.

— Pourquoi, tu as des projets ?

— Hum. Je pense à plusieurs choses que j'aimerais faire.

— Est-ce que ça implique ta bite dans mon cul ?

Bam, érection instantanée.

— Bien sûr que oui.

— Dans ce cas, qu'est-ce qu'on attend ?

Adam se leva d'un mouvement fluide, et quand je jetai un coup d'œil à son entrejambe, je constatai qu'il était déjà en train de bander. J'aimais voir avec quelle rapidité je l'excitais.

Nous nous habillâmes, rangeâmes nos affaires et nous dépêchâmes de rentrer à l'hôtel.

Adam se rendit directement dans la salle de bains et fit couler l'eau de la douche.

— Tu veux te joindre à moi ?

— Bien sûr.

Nous nous dévêtîmes, abandonnant nos vêtements en un tas informe sur le sol. Adam passa sous l'eau en premier et me tendit la main. Je me coulai de bon gré dans son étreinte et nous nous embrassâmes sous l'eau chaude. Au début, je pus sentir le sel de la mer sur ses lèvres, mais cela se dissipa rapidement. Nous nous caressâmes, nos mains glissantes à cause de l'eau et de la crème solaire. J'aimais sentir le corps d'Adam, mince et fort, et la peau lisse de son torse et de son dos. J'avais envie de le lécher partout. Nous étions tous les deux en érection, nos verges pressées l'une contre l'autre. Même si c'était divertissant, j'étais prêt à passer à la vitesse supérieure.

Je reculai pour atteindre le gel douche et en versai un peu dans ma paume. Je m'éloignai du jet et me lavai rapidement mais soigneusement, en m'occupant des parties qui comptaient. Adam m'aida, en frottant la mousse sur les poils de mon torse et en glissant une main savonneuse sur ma queue.

— À ton tour.

J'obéis, en commençant par le torse d'Adam.

— Lève les bras.

Il le fit et tressaillit légèrement quand je passai mes doigts sur ses côtes sensibles.

— Ça chatouille.

— Tourne-toi.

Je pris davantage de gel douche et savonnai le dos d'Adam. Je glissai mes mains plus bas, massant ses fesses et regardant la mousse ruisseler le long de sa raie. Me détachant de cette vision, je m'approchai pour laver son sexe. Il gémit et se poussa dans ma paume. Sa queue était chaude dans mon poing, plus chaude que l'eau tiède. Je la voulais dans ma bouche, mais j'avais d'autres priorités. Je libérai son membre et pris de nouveau du gel douche.

— Écarte tes jambes.

Il fit ce que je lui demandais, s'appuyant sur le mur carrelé. Je passai le bras entre ses jambes pour caresser ses bourses d'une main pendant que je lavais sa fente avec l'autre. Il n'avait pas beaucoup de poils sur les fesses – contrairement à moi – alors mes doigts glissèrent facilement contre son entrée.

— Putain, haleta-t-il.

Je me fis violence pour ne pas plonger mes doigts en lui, sachant que le savon pouvait parfois piquer un peu. Mais je le lavai à fond, effleurant son anneau de muscles alors qu'il se dilatait à mon contact.

— Mon Dieu, Finn. S'il te plaît.

Sa voix était désespérée et il ondulait son bassin, suppliant avec son corps aussi bien qu'avec ses mots.

La plupart du savon avait disparu, mais je pris le

pommeau et m'assurai que ce soit bien le cas. Prendre une douche ensemble était génial, mais sentir le savon dans ma bouche l'était moins.

— OK, on a fini.

Je remis le pommeau en place et coupai l'eau.

Nous sortîmes et nous séchâmes rapidement. Les joues et le torse d'Adam étaient rougis par l'excitation et nos verges étaient dures. Je suspendis ma serviette sur la mienne parce que c'était toujours drôle et Adam leva les yeux au ciel.

— Tu ne peux pas trouver quelque chose de mieux à faire avec ça que de l'utiliser comme porte-serviette ?

Je souris, soulevant la serviette pour que ma queue réapparaisse, épaisse et avide.

— Je suis sûr que je peux trouver une idée. Tu as des suggestions ?

Ses yeux s'assombrirent.

— Oh oui. Quelques-unes.

Il s'approcha et saisit mon sexe. Mes bourses me faisaient mal et je pouvais sentir mon membre pulser sous les doigts d'Adam.

— Je veux ça dans mon cul, déclara-t-il.

Je l'embrassai fougueusement, enfonçai ma langue dans sa bouche et tendis le bras pour glisser à nouveau mes doigts dans sa fente. Cette fois, j'enfonçai le bout de mon index en lui, ce qui le fit gémir et se contracter, serrant mon doigt avant de le relâcher. J'avais besoin de sentir ça sur ma langue.

— Grimpe sur le lit, soufflai-je.

Je pris le temps de récupérer le lubrifiant et les préservatifs dans mon sac avant de suivre Adam dans la chambre, mon regard fixé sur ses fesses comme un missile à tête chercheuse.

— Comment tu me veux ?

— À quatre pattes, jambes écartées.

Ma voix était rude et exigeante.

— Putain, marmonna-t-il, se dépêchant d'obtempérer.

L'empressement d'Adam était foutrement excitant. J'aimais qu'il ait envie que je lui donne des ordres, que ses besoins correspondent si parfaitement aux miens. Je restai au pied du lit, m'imprégnant de cette vue quelques instants. La rougeur sur sa nuque, sa peau pâle, les lignes minces de son dos.

— Finn, gémit-il.

— Je suis juste là.

Je jetai le lubrifiant et les préservatifs sur le lit avant de m'agenouiller derrière lui, mes mains sur son cul, le saisissant et le serrant.

— Mon Dieu, Adam.

Les mots semblaient redondants et j'étais prêt à utiliser ma bouche pour autre chose que parler. Je déposai un baiser à la base de sa colonne vertébrale.

— Oui.

Il frissonna, ouvrant un peu plus ses jambes.

Je tins ses fesses écartées et léchai son trou. Il gémit, alors je recommençai, encore et encore. Il était doux sous ma langue, et l'odeur de sa peau se mêlait à celle du gel douche, accompagnée d'un soupçon de musc. Je fis tourner ma langue, en appuyant sur son entrée, tandis qu'il se balançait contre moi. Il était bruyant, émettait des sons désespérés qui me faisaient bander, mais je voulais attendre aussi longtemps que possible parce que c'était trop bon pour qu'on se précipite.

— Plus, s'il te plaît. J'en veux plus.

Je reculai, frottant son anneau avide de mon index.

— Tu veux mes doigts ?

— Non. Juste ta queue. S'il te plaît, Finn.

— Putain. OK.

Je cherchai le préservatif à tâtons, impatient. Je lubrifiai mon membre et étalai le reste de gel autour de son entrée.

— Vas-y. Je suis prêt !

— Je vais le faire, Seigneur.

Je gloussai en m'alignant, puis mon rire se transforma en gémissement quand je poussai à l'intérieur. Il ne mentait pas quand il disait qu'il était prêt. Il s'ouvrit à moi comme si nous étions faits pour être ensemble de cette façon, serrés, chauds et parfaits. Enfoncé en lui jusqu'aux bourses, je m'immobilisai.

— Tout va bien ?

— Oui.

Il recula, se baisant à nouveau sur moi, et la vue de ma verge glissant à nouveau dans son corps fut presque trop.

— Ralentis une minute, soufflai-je. Si tu continues comme ça, tu vas me faire jouir trop vite.

J'agrippai ses hanches, l'immobilisant tandis que je me balançais en lui avec précaution.

Il soupira de frustration, mais n'essaya pas de m'en empêcher.

— C'est si bon d'être en toi.

Je le baisai un peu plus vite, mais je sentais mon orgasme grimper en moi, inexorablement.

— Mon Dieu, Adam, je ne vais pas tenir longtemps. Essayons quelque chose de différent.

Je me retirai prudemment.

— Retourne-toi.

Adam se mit sur le dos et je glissai un oreiller sous ses fesses. Sa queue était dure sur son ventre, rose, et trop belle pour être ignorée, alors je pris le temps de la sucer un petit moment, offrant à mon érection la pause nécessaire.

Je l'aspirai profondément, goûtai son liquide préséminal, et je me servis de ma bouche et de ma langue jusqu'à ce qu'il commence à se déhancher.

— Finn, s'il te plaît. Baise-moi encore. Je veux jouir avec ta queue en moi.

Je le voulais aussi, mais j'espérais harmoniser la cadence sous peine d'échouer. Je reculai.

— OK.

À bout de souffle, j'attrapai ses cuisses et les maintins en arrière, l'écartant pour que je puisse m'enfoncer en lui. Adam gémit, longtemps et fort, et mit sa main sur sa queue, se caressant si vite que son poing était presque flou.

— Tu vas jouir pour moi, bébé ?

Je fis des va-et-vient, en essayant d'obtenir le meilleur angle.

— Ouais, haleta-t-il. Si près...

Je ne pouvais plus me retenir, je lui donnai alors tout ce que j'avais, en poussant fort et vite, laissant la vague orgasmique prendre le contrôle de mon être. Je fus le premier à jouir, en criant tout en baisant Adam. Ma verge palpitait alors que ses muscles se contractaient autour de moi. Puis – Dieu merci – Adam jouit à son tour, son sperme gicla sur son ventre et son corps se crispa.

Quand l'orgasme d'Adam reflua, je me penchai et embrassai ses lèvres. Nous étions tous les deux encore essoufflés, et quand j'embrassai son épaule, il émit un petit rire tremblant.

— Je pense que j'ai besoin d'une autre douche.

Je levai la tête pour voir son sourire paresseux et rassasié.

— C'est inutile. On va encore finir tout collants dans pas longtemps.

— Ah ouais ? Tu as des projets qui impliquent qu'on se salisse ?

— Mmhmm.

Je l'embrassai à nouveau.

— Je pense qu'on a tous les deux eu assez de soleil aujourd'hui. Il serait donc raisonnable de rester dans notre chambre un moment.

L'estomac d'Adam gronda, nous rappelant que l'heure du déjeuner était passée.

— Je pourrais avoir besoin de faire le plein avant le deuxième round. Est-ce qu'ils ont un *room-service* ?

— J'aime ta façon de penser.

Les vingt-quatre heures suivantes s'écoulèrent dans une brume béate de sexe, de siestes, de *room service*, et encore de sexe. Nous nous réveillâmes même au milieu de la nuit pour recommencer. Finn me baisa deux fois de plus et nous nous suçâmes aux petites heures du matin quand mon cul eut besoin d'une pause. Je me réveillai à l'heure du déjeuner et titubai jusqu'à la salle de bains ; je marchais comme John Wayne mais je m'en fichais. Mon corps et mon cerveau étaient inondés de toutes les substances chimiques bénéfiques qui accompagnent la satisfaction sexuelle, et je ne pouvais m'empêcher de sourire. Je pris une douche rapide pour enlever le lubrifiant, la sueur et le sperme. Mon cul picota lorsque je savonnai ma fente, un rappel qui fit grossir ma verge.

En revenant dans la chambre, je m'arrêtai près du lit. Finn était allongé sur le dos, ronflant doucement. Je le laissai dormir et allai ouvrir la porte-fenêtre du balcon. Notre chambre avait probablement la même odeur qu'une maison close, alors un peu d'air frais serait le bienvenu. Je me glissai dehors. Nu, je savourai la sensation de la brise sur ma peau. Le soleil était derrière le bâtiment, j'étais donc à l'ombre. Il faisait agréablement chaud et il y avait quelque chose d'excitant à être dehors sans vêtements, même si personne ne pouvait voir sous ma taille grâce à la hauteur du mur autour du balcon.

Je m'allongeai sur l'une des chaises longues, sur une serviette qui y avait été étalée pour sécher, et m'étirai béatement. Mon corps était douloureux à des endroits étranges et merveilleux après nos impétueux ébats, et chaque terminaison nerveuse était sensible. Comment était-il possible que je sois à nouveau à moitié en érection ? Mais rien que de penser à Finn me faisait bander. Peut-être que je devrais le réveiller, vérifier s'il voulait jouer ? J'enroulai ma main autour de ma queue et commençai à la caresser alors qu'elle se raffermissait dans mon poing. Je pourrais le sucer, le faire durcir, et ensuite le chevaucher. Nous n'avions pas encore essayé cette position. Ma verge aima l'idée et je laissai libre cours à mon imagination.

En fermant les yeux, je me perdis dans le fantasme, imaginant les mains de Finn sur mes hanches, la sensation de son membre en train de me pilonner, l'expression étrangement adorable sur son visage quand il jouissait...

— Seigneur. Je ne t'ai pas encore épuisé ?

Au son de la voix de Finn, je retirai ma main et ouvris les yeux pour le voir appuyé contre le cadre de la porte. Troublé, je rougis et haussai les épaules.

— Apparemment non.

— Ne t'arrête pas à cause de moi. Je profitais de la vue.

Il était nu lui aussi, et mon regard se perdit sur son sexe, à moitié érigé.

Je me mordis la lèvre et remis ma main sur ma queue. Je me caressai à nouveau, sentant la chaleur monter rapidement avec Finn comme public. Je gardai mon attention sur son membre, souriant alors qu'il durcissait totalement, sans même que Finn se touche. C'était carrément flatteur.

— Viens ici, finis-je par dire.

Il obéit, en chevauchant mes cuisses.

— Ces transats sont faits pour deux ?

Il se balança un peu, pour en tester la solidité.

— Je suppose qu'on va le découvrir.

Je lâchai ma queue pour caresser la sienne à la place, et il reprit là où je m'étais arrêté.

Il se pencha pour m'embrasser pendant que nous nous branlions l'un l'autre. C'était un peu gênant avec nos poings qui se heurtaient, et il nous fallut un peu de temps pour jouir. Finn me devança, en se poussant dans mon poing pendant qu'il enfouissait son visage dans mon cou et gémissait. Puis il glissa vers le bas et prit ma bite dans sa bouche pour me terminer. Trop excité pour penser correctement, ce ne fut qu'après avoir joui que je me rendis compte que j'avais mis ma main couverte de sperme dans ses cheveux.

— Désolé.

J'ôtai mes doigts.

Il rit puis m'embrassa.

— Je m'en fiche. J'avais besoin d'une douche de toute façon. Tu veux te joindre à moi ?

— Je pense que oui.

Il m'aida à me relever.

· · ·

— QUEL JOUR ON EST ? J'ai complètement perdu la notion du temps, déclarai-je alors que je me séchais.

— Hum....

Finn fronça les sourcils et compta sur ses doigts.

— On doit être mercredi. Donc ça veut dire que nos vacances sont plus qu'à moitié consommées.

Mon estomac se noua à ce rappel. Il ne nous restait plus que trois nuits de ce genre.

— Je suppose qu'on ferait mieux d'en profiter, dans ce cas. Peut-être qu'on devrait essayer de sortir de notre chambre à un moment donné aujourd'hui ?

J'essayai de garder une voix légère, mais je n'étais pas certain d'avoir réussi parce que Finn me lança un regard pensif avant de sourire.

— Je pense qu'on a fait bon usage de notre temps. Mais ouais. Je vois ce que tu veux dire. Tu veux aller à la piscine cet après-midi ?

— Bien sûr.

NOUS PASSÂMES quelques heures paresseuses à la piscine de l'hôtel après le déjeuner. Le bar proposait un *happy hour* sur les cocktails à partir de dix-sept heures, alors nous en bûmes quelques-uns chacun avant de nous habiller pour le dîner et de quitter l'hôtel.

Après une promenade le long du front de mer, nous choisîmes un petit restaurant tranquille dans une rue latérale. Nous nous assîmes dehors dans le crépuscule, avec une bougie qui vacillait dans un pot en verre sur notre table. Le menu était basique mais offrait une bonne sélection de poissons frais. Je choisis le bar, et Finn prit de la dorade. Ils étaient servis avec une simple salade et du pain frais. Nous partageâmes, piochant dans l'assiette de l'autre, en faisant descendre le tout avec une bouteille de vin rouge. C'était délicieux et intime. La table était petite et nos pieds s'entremêlaient tandis que nous souriions et parlions. C'était comme si nous étions un couple en rendez-vous galant, et quelque chose dans ma poitrine me faisait mal en souhaitant que ce soit une réalité.

Aucun de nous ne voulait de dessert, nous demandâmes donc l'addition. Alors que nous attendions, une vendeuse faisait le tour des tables avec un panier rempli de roses rouges. Je surpris son regard sur nous et elle sembla hésiter. Dans ce quartier, les couples homosexuels n'étaient pas rares, mais peut-être ne voulait-elle pas faire de suppositions et risquer de nous offenser. Elle leva les sourcils en signe d'interrogation.

Le cœur battant la chamade, je lui fis un signe de tête et elle s'approcha en souriant.

— *Buenas noches, señores.*

Finn se retourna avec surprise, puis me regarda alors que je fouillais dans ma poche pour trouver mon portefeuille.

Je donnai plus que le prix indiqué et refusai la monnaie.

— Gardez le tout.

Son sourire s'élargit.

— Merci, *señor.*

Elle m'invita à choisir une rose et je pris la plus parfaite que je pus trouver, des pétales de velours rouge qui commençaient juste à se déployer. Un bourgeon sur le point de devenir une fleur.

— Passez une bonne soirée.

Elle me fit un clin d'œil avant de se détourner et de se diriger vers la table voisine où était assis un couple de personnes âgées.

Je présentai la rose à Finn avec un sourire timide, en rougissant.

— C'est pour toi.

Je me sentais un peu idiot, regrettant mon geste impulsif. J'étais presque sûr que je franchissais une ligne invisible, car les amis avec avantages n'étaient probablement pas censés s'offrir des roses rouges. Je m'attendais à ce que Finn prenne ce geste à la légère, ou qu'il me taquine parce que j'étais stupide.

Mais au lieu de ça, il déglutit, son visage étrangement sérieux alors qu'il ôtait délicatement la fleur de mes doigts.

— Merci.

Il tendit le bras par-dessus la nappe pour saisir ma main et la serrer.

Mon estomac se tordit quand je croisai son regard. Est-ce que je me faisais des films ou reflétait-il plus que de l'amitié ? J'y décelai une intensité qui me coupa le souffle et fit battre mon cœur plus vite.

Finn se lécha les lèvres et sembla être sur le point de dire quelque chose, mais le serveur apparut avec l'addition et rompit l'étrange tension entre nous.

Je payai avec ma carte de crédit et Finn me remboursa sa part et laissa quelques pièces sur la table pour le pourboire.

— Qu'est-ce que tu veux faire maintenant ? demanda-t-il alors que nous redescendions vers la plage. Aller dans un bar ? Rentrer à l'hôtel ?

Je levai les yeux vers le bleu d'encre profond du ciel où les étoiles commençaient à apparaître. — Marchons un peu le long de la plage. C'est magnifique.

Nous longeâmes la façade animée, passâmes devant les bars, les cafés, et les étals vendant des souvenirs et des vêtements. Quand nous arrivâmes sur la plage, nous enlevâmes nos tongs. Le sable était doux et chaud entre mes orteils.

Nous nous éloignâmes des lumières de la ville et marchâmes jusqu'au sable dur et humide par la mer. La lune était visible, basse et pleine, et jetait une lumière argentée sur l'eau.

Au fur et à mesure que nous nous baladions, les bruits de la station touristique s'estompaient, noyés dans le doux son des vagues et le crissement de nos pieds dans le sable. Quelques personnes profitaient de la plage, marchant ou admirant simplement la vue. Certains groupes étaient rassemblés autour de lanternes, riant et discutant. Le son d'une guitare dériva à travers les bribes d'une chanson. Mais rapidement, nous laissâmes ces flâneurs derrière nous et ce fut comme si nous étions seuls au monde. Le ciel était immense au-dessus de nous et les vagues clapotaient sur le rivage.

Je m'arrêtai pour observer l'eau. Avec Finn à mes côtés, ce moment était presque parfait. Si seulement.... Je ravalai la boule dans ma gorge, mais mes mots sortirent un peu rauques.

— C'est tellement beau.

— Oui, répondit simplement Finn.

Mais quand je me tournai vers lui, c'était moi qu'il regardait, pas la mer.

Il détourna rapidement les yeux et déglutit. Il déposa

ses tongs dans le sable, plaça soigneusement la rose par-dessus, puis commença à marcher vers la mer.

— L'eau est toujours plus chaude la nuit, dit-il en s'avançant vers les vagues. C'est si beau. On devrait se baigner.

— C'est sans danger ? On vient de manger, et on a bu de l'alcool aussi, répondis-je, dubitatif.

— C'est une nuit parfaite pour ça. La mer est si calme. Et on peut rester près du rivage.

Il s'approcha de moi, déboutonnant sa chemise. Quand il l'enleva, le clair de lune captura l'ondulation des muscles de ses épaules. Il jeta la chemise par terre près de ses chaussures et défit la braguette de son short avant de le descendre.

— C'est une plage nudiste, tu sais, répondit-il avec un sourire malicieux. Donc on peut se baigner nus sans risquer d'être arrêtés.

VINGT-QUATRE

FINN

Adam hésita un moment de plus, puis son froncement de sourcils inquiet disparut et il sourit.

— Ouais. OK.

Il se débarrassa de son tee-shirt et laissa tomber son short en même temps que ses sous-vêtements, et fut le premier à courir vers l'eau. Je restai en retrait pour l'admirer. Il était ridiculement beau avec ses longs membres gracieux, chatoyants sous le reflet du clair de lune. S'arrêtant alors que l'eau lui arrivait aux genoux, il se retourna.

— Alors ? tu viens ? C'était ton idée !

Je retirai mon boxer et courus jusqu'à lui. Je le dépassai et plongeai sous la surface, l'eau était fraîche loin du rivage et j'avais l'impression que du satin glissait sur mon corps. Chaque terminaison nerveuse était en feu. J'émergeai en riant, exalté, et me retournai pour découvrir Adam à côté de moi, ses cheveux mouillés et dégoulinants alors qu'il riait aussi.

Je le plaquai contre moi et le noyai, et il répliqua après m'avoir échappé. Nous luttâmes et nous éclaboussâmes pendant un moment, nos cris et nos rires résonnant sur le rythme régulier et constant des vagues qui s'écrasaient sur le sable.

Essoufflé, je tirai Adam vers moi et l'embrassai. Il avait le goût de la mer et l'intérieur de sa bouche était doux comme du vin. Il enroula ses bras autour de moi et le baiser dura un long moment. Mon cœur s'emballa, une vague de désir m'envahit. Nos verges durcissaient entre nous, mais nous continuâmes à nous embrasser, émettant des petits sons de plaisir et d'approbation, nos mains glissant sur notre peau humide.

Finalement, je reculai, ma main toujours sur sa joue. Ses yeux étaient sombres, impossibles à lire.

Seul sur une plage au clair de lune avec Adam, mon meilleur ami au monde, c'était de loin l'expérience la plus romantique de ma vie.

Pourtant ce n'est pas le cas.

La partie rationnelle de mon cerveau essayait de me faire entendre raison, de protéger mon cœur. Mais mon cœur était déjà une cause perdue, et je ne pouvais m'empêcher d'espérer. Adam m'avait offert une rose. Ce n'était pas quelque chose qu'un ami ferait, pas vrai ? Peut-être que c'était simplement une impulsion du moment, un geste anodin qu'il n'attendait pas que je décrypte.

Je luttais intérieurement, essayant de trouver les bons mots pour entamer une conversation sur ce que nous faisions et ce que cela signifiait pour moi, mais la peur me nouait la gorge et me brouillait le cerveau. Je ne savais pas comment m'exprimer sans risquer de gâcher cette semaine. Cette semaine parfaite où je pouvais profiter de la présence d'Adam comme je le voulais, même si ce n'était que pour un court moment. Je laissai retomber ma main.

— Tu veux retourner à l'hôtel ? demandai-je.

Dans notre chambre, je pouvais laisser mon corps dire les choses pour lesquelles je ne trouvais pas de mots. Ce n'était pas suffisant, mais c'était le mieux que je pouvais faire pour le moment.

— Oui, répondit Adam d'une manière qui ressemblait presque à un soupir.

Je pris sa main et le ramenai sur le sable où nous nous séchâmes à l'aide de nos chemises et nous nous habillâmes rapidement.

Nous retournâmes à l'hôtel en nous tenant la main, et le silence entre nous était tout sauf confortable. C'était comme la tension croissante dans l'air avant un orage.

De retour dans notre chambre, je plaquai Adam contre la porte dès qu'elle fut refermée derrière nous. Je l'embrassai désespérément, comme un homme en train de se noyer s'accroche à du bois flotté, et il m'embrassa en retour avec la même urgence. Nous trébuchâmes jusqu'au lit, tirant sur les vêtements de l'autre, tâtonnant avec les boutons et les fermetures éclair jusqu'à ce que nous soyons tous les deux nus. Nous nous embrassâmes encore un peu jusqu'à ce qu'Adam recule pour prendre le lubrifiant sur la table de nuit. Il s'enduisit les doigts, mais quand il se pencha pour s'ouvrir, je l'arrêtai.

— Non, attends.

Il fronça les sourcils.

— OK, on n'a pas besoin de...

— Je veux que tu me baises, dis-je avant de pouvoir ravaler mes paroles. Tu veux bien ?

La surprise sur son visage aurait été comique si le moment n'avait pas été aussi intense.

— Mais tu n'aimes pas être pris.

Je haussai les épaules, le visage rouge, parce que je ne pouvais le nier. J'avais toujours été très clair sur le fait que j'étais actif. J'aimais baiser les mecs, et les quelques fois où j'avais été passif m'avaient laissé un mauvais souvenir. La première fois avait été douloureuse parce que le gars était un connard, et après ça... eh bien, je suppose qu'à la suite de cette mauvaise expérience, le stress m'empêchait d'avoir confiance en mes partenaires. Mais avec Adam, j'en avais envie. Je le voulais de toutes les façons possibles tant que j'en avais l'occasion, et si je ne pouvais pas compter sur lui pour trouver du plaisir dans cet acte, alors je ne pourrai jamais me fier à personne d'autre.

— Je veux essayer avec toi, répondis-je, souhaitant qu'il se lance et qu'il ne m'oblige pas à m'expliquer.

Il me fixa comme s'il cherchait des réponses. Pour échapper à son regard, je roulai sur le ventre et enfouis mon visage dans mes bras en écartant mes cuisses.

— S'il te plaît, suppliai-je en soulevant mes hanches. S'il te plaît, Adam.

— OK.

Il se positionna derrière moi, puis une main chaude et ferme agrippa ma hanche tandis qu'il caressait mon entrée de ses doigts glissants. Je me contractai instinctivement.

Il gloussa.

— Allez. Si tu veux que je te baise, tu vas devoir me laisser entrer.

La chaleur et l'affection dans son ton débloquèrent quelque chose et je soupirai, me poussant sur ses doigts en même temps. Mes muscles cédèrent et il fut en moi. C'était étrange, serré et inconnu, et je me sentais inconfortablement vulnérable. Cela faisait longtemps que je n'avais rien introduit dans mon propre cul, et encore plus longtemps que personne d'autre ne l'avait fait.

— C'est deux doigts ?

— Non.

Il y avait de l'amusement dans son ton et je savais qu'il souriait.

— Seulement un.

Il le fit entrer et sortir plusieurs fois et je commençai à me sentir mieux.

— Tu penses que tu peux en supporter plus ?

Honnêtement, à ce stade, je n'étais pas sûr. Mais bon, j'avais demandé, j'allais tout faire pour que ça marche.

— Ouais.

Il prit son temps, introduisit soigneusement un autre doigt avec davantage de lubrifiant, puis il me baisa lentement avec deux doigts jusqu'à ce que je commence enfin à comprendre pourquoi les gens aimaient faire ça. Quand il me frottait juste comme il fallait à l'intérieur, c'était un peu comme être branlé. Ma queue, elle, était définitivement partante. J'avais perdu mon érection quelques instants, mais elle était de retour. Je tendis le bras pour me caresser et gémis face à la double sensation.

— Je pense que je suis prêt.

Je me sentis vide quand Adam retira ses doigts, mais une fois qu'il eut mis un préservatif sur sa queue, le contact chaud de celle-ci contre mon trou valait la peine d'attendre.

— Ça va ? murmura-t-il, me taquinant en faisant glisser son gland de haut en bas, mais sans l'enfoncer.

— Ouais, vas-y.

Il étouffa un rire.

— J'aurais dû savoir que tu serais autoritaire.

— Je ne suis pas autoritaire. Je suis excité, et je suis certain que ta bite ne va pas me casser le cul. Maintenant, baise-moi !

Il s'exécuta, s'enfonçant en un seul mouvement puissant qui me coupa le souffle et m'incita à me crisper à nouveau. Parce que même si sa verge était plus douce que ses doigts, elle était plus longue et plus grosse, et atteignait des endroits qui n'étaient pas tout à fait prêts. Adam sentit ma réticence et s'arrêta, caressant mon dos, puis pétrissant mes muscles jusqu'à ce que je me détende à nouveau.

— Branle-toi pendant que je te baise, déclara-t-il, et il commença à se balancer doucement en moi.

Je fis ce qu'il me demandait, et rapidement, ce fut incroyable. Je gémissais comme une star de porno et poussais pour qu'il aille plus loin. Mon membre suintait et mes bourses gonflaient. Je n'allais pas tarder à jouir.

— Est-ce que ça te fait du bien ?

Je n'avais pensé qu'à moi. Je voulais savoir si Adam éprouvait autant de plaisir.

— C'est si bon, haleta-t-il, son sexe dur dans mon cul.

Je pris ça comme un bon signe. Je ne voulais pas être le seul à perdre le contrôle.

Mon orgasme arriva presque sans prévenir.

— Je vais jouir !

Et je ne pus rien faire d'autre que de crier alors qu'un orgasme d'une intensité foudroyante me traversait. Adam continua de me baiser profondément, et j'eus l'impression qu'on me tordait les bourses de l'intérieur pendant que ma queue pulsait et se répandait sur les draps. Lorsque j'eus fini, Adam ralentit un peu.

— Tu as joui ? demandai-je.

— Non.

Sa voix était rauque et désespérée. Il se poussa en moi, plus fort, et je tressaillis, parce que j'étais trop sensible tout à coup.

— Désolé… attends, laisse-moi…

Il se retira avec précaution et j'entendis le claquement du préservatif, puis le bruit qu'il faisait en se branlant.

— Oh putain, oui.

Le sperme chaud frappa mon entrejambe et coula sur mon entrée, puis Adam fit glisser son gland sur le sperme qui avait giclé sur ma peau. Il appuya contre mon anneau de muscles, comme s'il allait me baiser de nouveau, sans capote. Et mon Dieu, je voulais qu'il le fasse.

Finalement, il s'éloigna.

— S'il te plaît, dis-moi que tu vas chercher des mouchoirs, dis-je, en cassant délibérément l'ambiance parce que j'en avais besoin.

Je me sentais à vif et ouvert, aussi bien émotionnellement que physiquement. C'était trop.

— Oui, je m'en occupe, déclara-t-il depuis la salle de bains où je l'entendis ouvrir l'eau de la douche.

Il revint avec du papier toilette.

— Voilà. Mais je pense qu'on a tous les deux besoin d'une douche, vu qu'on s'est baignés.

Je me nettoyai et essuyai la plus grande partie de mon sperme sur les draps. Puis je m'allongeai sur le dos, les membres lourds tandis que l'épuisement m'envahissait.

— Trop fatigué pour prendre une douche.

— Ça ne sera pas long. Tu es tout salé et collant.

— Et à qui la faute ? grommelai-je.

Adam s'assit sur le bord du lit et sourit en me regardant.

— Je pense que nous avons tous les deux notre part de responsabilité.

Je ricanai. Mais oui. La natation était mon idée, et le fait qu'il me baise aussi. Mais jouir sur moi était dû à Adam.

Il se pencha et m'embrassa, puis il prit ma main et m'incita à me lever.

— Douche. Après tu pourras dormir.

VINGT-CINQ

ADAM

Finn était un mélange amusant de grincheux et d'adorable alors que je le motivais pour prendre une douche rapide. Je le laissai se brosser les dents d'abord, puis il insista pour s'asseoir et faire pipi avant de se coucher.

— Quoi ? grogna-t-il alors que je me moquais de lui. Je suis crevé. De toute façon, tous les mecs s'assoient pour faire pipi de temps en temps. C'est le seul moment où tu peux jeter un coup d'œil à ton portable pendant tes heures de boulot.

— Je ne te juge pas.

— Si, tu me juges.

Je le jugeais, vraiment.

Après avoir tiré la chasse, il retourna dans la chambre. Le temps de me laver les dents et d'aller aux toilettes, il était déjà dans le lit, couché sur le côté, complètement immobile. Je me glissai à côté de lui et éteignis. Puis, avant de me rendre compte de ce que je faisais, je me blottis derrière lui, enroulai mon corps autour de lui et posai une main sur sa hanche.

Il marmonna et se rapprocha encore plus. Il prit ma main et passa mon bras autour de sa taille pour être enveloppé dans mon étreinte.

— Bonne nuit, chuchotai-je.

Mais la seule réponse fut sa respiration douce et régulière, et le battement sourd de son cœur sous ma paume.

LE JEUDI MATIN, Finn fut le premier à ouvrir les yeux, puis il entreprit de me réveiller avec sa bouche.

Il ne fallut pas longtemps pour que je jouisse dans sa gorge avec un gémissement rauque de plaisir.

— Ton tour ? demandai-je après avoir repris mon souffle.

— Trop tard.

Il sourit et leva une main couverte de sperme.

— J'ai joui en même temps que toi.

Il essuya ses doigts sur le drap et fit la grimace.

— On devrait s'assurer de leur laisser le champ libre pour changer les draps aujourd'hui.

— Alors, qu'est-ce que tu veux faire ? demandai-je.

Finn se recoucha à côté de moi et caressa paresseusement la traînée de poils sur mon ventre.

— Eh bien, il ne nous reste que deux jours de vacances, alors je crois qu'on devrait profiter au maximum de notre présence ici. Non pas que rester dans notre chambre toute la journée à baiser ne soit pas amusant, mais on pourrait faire ça à Londres.

Mon cœur fit un bond.

— On pourrait ?

Qu'est-ce qu'il voulait dire ? Est-ce qu'il était en train d'insinuer qu'il voulait continuer quand on rentrerait chez nous ?

— Eh bien, je veux dire, théoriquement, on pourrait, ajouta-t-il rapidement. Alors qu'on ne peut pas faire de la planche à voile ou du kayak à Londres, ou nager dans la mer.

— Oh, oui. Bien sûr.

J'essayai d'écraser la vague de déception.

— Alors, qu'est-ce qui te tente ?

— Heu, le kayak a l'air sympa, répondis-je. Je n'en ai pas fait depuis des années, pas depuis un voyage scolaire quand j'étais ado. J'aimerais bien réessayer.

— Génial. Voyons si on peut faire ça cet après-midi. Je pense qu'on peut réserver à la réception de l'hôtel.

NOUS RÉSERVÂMES après le petit déjeuner. Le lieu où se trouvait le kayak était à vingt minutes en minibus de l'hôtel et nous devions nous retrouver dans le hall à midi. Nous passâmes le reste de la matinée à la piscine et remontâmes nous changer avant de partir pour notre activité.

La femme de ménage sortait de notre chambre quand nous arrivâmes. Je rougis et évitai son regard, songeant à l'état de nos draps. Mais Finn la salua d'un signe de tête et d'un sourire, en disant « gracias » quand nous la croisâmes dans le couloir.

— On lui laissera un bon pourboire quand on partira, dis-je quand la porte se referma derrière nous. Cette pauvre femme a vu beaucoup trop de mes fluides corporels.

Finn gloussa.

— Et les miens. Je suis sûr qu'elle est habituée, à force.

Nous troquâmes nos maillots mouillés pour des shorts de surf pour le kayak. Je mis mon haut de plongée, et Finn enfila un tee-shirt. Puis nous préparâmes deux petits sacs avec de la crème solaire, des bouteilles d'eau, des vêtements de rechange et des serviettes.

Plusieurs mecs se trouvaient à la réception, dont quelques visages familiers – Niall, Ash et leurs amis.

Niall sourit et nous salua quand il nous vit. Ash suivit son regard et nous sourit également.

— Oh salut, vous faites partie du groupe de kayakistes ? leur demanda Finn.

— Oui, répondit Ash avec enthousiasme, ça fait plaisir de vous revoir, les gars.

— Tu as passé une bonne semaine ? m'enquis-je auprès de Niall.

— Oui, super J'ai baisé avec un écossais super sexy il y a deux nuits. Il portait un kilt et tout. Du coup, c'est quelque chose que je peux cocher sur ma liste de fantasmes.

Je me sentis rougir et lançai un regard rapide à Ash qui sourit.

— Oh oui, il m'a tout raconté dans les moindres détails. Un enfoiré chanceux. J'aurais aimé être là aussi.

Il regarda Finn avec nostalgie et une pointe de jalousie me traversa.

Je me rapprochai de mon ami, voulant prendre sa main ou mettre mon bras autour de lui pour montrer qu'il était à moi.

Mais il ne l'est pas.

— Il portait quelque chose sous son kilt ? demandai-je à Niall, essayant d'éviter de croiser le regard de Ash.

Niall me fit un clin d'œil.

— Seulement un piercing.

Nous éclatâmes de rire.

— Bien joué, déclara Finn.

— Et vous deux, alors ? demanda Niall en nous observant de manière significative. Vous vous êtes amusés ?

— Ouais, c'était génial, répondit Finn.

Il me fixa et je ne pus détourner le regard, hypnotisé par ses yeux.

— Pas vrai, Adam ?

— Hum, ouais.

Je déglutis, la gorge soudain sèche.

— Vraiment génial.

— Tant mieux.

Niall tapa dans ses mains, me faisant sursauter. Quand je portai de nouveau mon attention vers lui, il souriait jusqu'aux oreilles.

— Je te l'avais dit. Appelle-moi Cupidon, même si mes méthodes ne sont pas très orthodoxes.

Je fronçai les sourcils, confus, et jetai un regard interrogateur à Finn qui était étrangement silencieux.

Le visage de Ash se renfrogna. Comme si quelqu'un venait de tuer un chaton.

— Je déteste quand tu as raison, dit-il à Niall.

— Heu...

J'avais l'impression de lire un livre dont on aurait arraché quelques pages au milieu, parce que je n'étais pas sûr de comprendre ce qui se passait. Avant que je puisse poser la question, un guide touristique nous appela et nous nous tournâmes pour le regarder.

— Salut les gars, nous sommes prêts à partir. S'il vous plaît, suivez-moi jusqu'au minibus.

Je me postai à côté de Finn.

— C'était quoi ça ? marmonnai-je.

— Rien. Je pense que Niall s'est juste fait une fausse idée de nous. Ne t'inquiète pas pour ça.

— Oh.

Le puzzle prenait forme.

— Il pense qu'on est ensemble, maintenant ?

— Je suppose.

Le visage de Finn était fermé.

Nous prîmes place dans le minibus en silence. Ma tête tournait. Pourquoi Finn n'avait-il pas corrigé Niall ? Qu'est-ce que Niall insinuait quand il avait sorti « Je te l'avais dit » ? Avec Niall et Ash assis devant nous, ce n'était ni le moment ni l'endroit pour avoir une conversation à ce sujet. Cela devrait attendre. Mais ce petit échange avait semé une graine d'espoir tenace que peut-être – juste peut-être – Finn souhaitait davantage qu'une aventure de vacances avec moi.

LORSQUE NOUS ARRIVÂMES à la location de kayaks, je fus trop occupé pour m'attarder sur cette situation étrange. Après une courte vidéo sur la sécurité, nous enfilâmes des gilets de sauvetage et on nous emmena là où les bateaux et les pagaies étaient stockés.

Nous avions le choix entre un kayak double ou simple. Niall et Ash prirent un des doubles.

— Je ne pense pas que je puisse me débrouiller tout seul, déclara Ash. Je n'ai jamais fait ça avant et je ne suis pas vraiment du genre sportif, donc j'ai besoin de Niall pour m'empêcher de me noyer ou d'être emporté par le courant.

Il fit un clin d'œil à Finn.

— Je ne suis pas un expert non plus, répondis-je avec un sourire crispé.

Nous décidâmes nous aussi de prendre un double. Finn savait ce qu'il faisait et les kayaks en tandem signifiaient que nous serions capables de nous parler plus facilement, ce qui semblait plus sociable.

Alors que nous étions alignés sur la plage pour les dernières recommandations de l'instructeur, j'observai nerveusement les vagues. Elles n'étaient pas trop agitées, mais il y avait une houle importante qui donnait lieu à de grosses déferlantes.

— Lorsque vous arrivez sur le rivage, n'oubliez pas d'aligner le kayak de manière à suivre les vagues. Si vous vous retrouvez sur le côté de la vague, vous allez basculer, nous prévint le moniteur.

— C'est encourageant, marmonnai-je à Finn.

Il me tapa dans le dos.

— On va s'en sortir. Au moins avec ces kayaks, on n'est pas piégés si on chavire.

C'était ceux dans lesquels on s'asseyait en allongeant nos jambes, et non ceux où on les enfermait à l'intérieur.

— J'espère.

— Ne t'inquiète pas. Je vais m'occuper de toi. J'ai fait ça plusieurs fois avec mes cousins en Cornouailles. Je sais ce que je fais.

. . .

UNE FOIS SUR L'EAU, pagayant sous le ciel bleu, le soleil scintillant sur les vagues, toutes mes appréhensions semblaient ridicules.

— C'est génial, m'exclamai-je, exalté.

Mes bras et mes épaules étaient douloureux à force de pagayer, mais je m'en fichais. C'était magnifique. Le soleil était chaud, mais nos corps restaient humides à cause des éclaboussures occasionnelles de nos pagaies, et avec la brise qui nous fouettait le visage, c'était parfait.

— Je suis content que tu t'amuses, répondit Finn assis derrière moi.

En tant que kayakiste le plus expérimenté, il avait pris cette place. Apparemment, cela signifiait qu'il était chargé de la direction tandis que je fournissais juste un peu de muscle supplémentaire.

— Oh merde, Adam. Regarde, des dauphins !

— Où ça ?

Je me retournai pour suivre la direction de son doigt et de son regard vers l'horizon.

— Oh !

Je restai bouche bée en voyant leur dos gris et lisse et leurs nageoires distinctives percer la surface, disparaître, puis réapparaître à nouveau.

— Je pense qu'ils viennent vers nous.

Nous arrêtâmes de pagayer pour les observer, et les dauphins se rapprochèrent et nagèrent en cercle autour de nous. De temps en temps, l'un d'entre eux sautait hors de l'eau. C'était impressionnant. Je n'en avais jamais vu auparavant, sauf à la télévision ou sur des photos, et je n'arrivais pas à croire que j'étais si près d'eux à l'état sauvage. Leurs mouvements étaient si joyeux. En les regardant, ma gorge se noua, et je ressentis un mélange bizarre d'exaltation et d'émotion.

Je me tournai pour regarder Finn, pour voir sa réaction.

— Ils sont incroyables.

Il hocha la tête.

— Ouais.

Sa voix était rauque, comme s'il était aussi ému que moi.

Finalement, les dauphins se lassèrent et s'éloignèrent.

— C'était merveilleux, soufflai-je.

— Oui.

Le sourire de Finn était aussi brillant que le soleil sur l'eau.

— Ça l'était carrément.

Je jetai un coup d'œil à ma montre.

— Nos deux heures sont presque écoulées. On devrait probablement rentrer.

— OK.

Finn fit quelque chose d'intelligent avec sa pagaie et nous fit opérer un demi-tour vers le rivage.

— Allons-y.

Le vent s'était levé pendant que nous étions sur l'eau, et les vagues s'écrasaient sur la plage désormais. D'autres kayaks de notre groupe commencèrent à regagner le sable, et j'en vis quelques-uns se renverser. Mais les gens qui en sortaient avaient l'air tellement heureux que je cessai de stresser à l'idée de chavirer.

Une minute, nous étions parfaitement alignés avec la vague, et soudain, ne sachant comment, nous ne l'étions plus. Finn cria quelque chose, je paniquai, essayai de nous redresser, mais empirai les choses, et l'instant d'après, une vague nous attrapa et fit basculer le kayak comme s'il ne pesait rien, et je me retrouvai sous l'eau.

VINGT-SIX

FINN

Je reçus un coup sec sur la tempe et vis des étoiles pendant
un instant, mais pas de façon amusante. J'ouvris la bouche
et le regrettai immédiatement quand j'avalai une gorgée
d'eau salée. Étourdi et désorienté, je me débattis, essayant
de trouver le chemin le plus court vers la surface alors que
le puissant courant de fond me tiraillait.

Je regardai dans le vert sombre, cherchant la lumière,
mais des points noirs commencèrent à obscurcir ma vision.
Mes pieds heurtèrent quelque chose de solide, du sable,
alors je poussai et heurtai le plastique dur du kayak. Avec
une faiblesse effrayante, je me baissai pour nager en
dessous, mais la flottabilité du gilet de sauvetage ne faisait
que rendre les choses plus difficiles.

Puis des mains fortes me saisirent et me tirèrent vers le
soleil. Adam.

Je commençai à tousser, mes sinus brûlaient alors que
je vomissais ce qui semblait être la moitié de la Méditerra-
née, pendant qu'il me tirait hors des vagues en mettant ses
bras autour de moi. Il me soutenait, mes jambes étant aussi

flageolantes qu'un poulain nouveau-né jusqu'à ce que nous atteignions le sable. Ne pouvant tenir debout, je me laissai tomber à quatre pattes et toussai à nouveau pendant qu'Adam me tapait dans le dos.

— Bordel de merde, Finn. Tu m'as foutu la trouille.

Sa voix était tremblante.

— Tu vas bien ? cria quelqu'un.

Puis des gens se mirent à courir vers nous. Un mec et une fille du magasin de location et deux gars du minibus que je reconnus.

Le responsable du kayak vint directement vers Adam et moi, tandis que les autres pataugeaient pour sauver le kayak et les pagaies abandonnées.

Quand j'arrêtai enfin de tousser et pus parler, ma panique s'était calmée et je me sentais idiot.

— Je vais bien, vraiment, coassai-je.

Le visage d'Adam était pâle sous ses taches de rousseur, et il leva un sourcil sceptique.

— Tu saignes.

Il mit ses doigts sur ma tempe.

— Je saigne ?

Je levai le bras, repoussant sa main. Avec l'eau froide et l'adrénaline, je ne sentais presque rien, mais mes doigts étaient couverts de sang.

— Oh oui.

— Viens avec moi, déclara le kayakiste avec son accent espagnol. On a une trousse de premiers secours. Mais tu pourrais avoir besoin d'un médecin.

Adam et lui passèrent leurs bras autour de moi pour me soutenir. J'essayai de me libérer.

— Je vais bien. Arrêtez de me materner.

Le type lâcha prise, mais Adam me serra encore plus fort.

J'abdiquai et acceptai son aide, reconnaissant, même si je ne voulais pas l'admettre. Mes jambes étaient encore en coton et j'étais un peu étourdi. Tout était irréel et distant, comme si je regardais les événements de l'extérieur.

Une fois assis dans le bureau, le type – Ramon – examina la coupure sur ma tête.

— Elle n'est pas profonde.

Il la tamponna avec une lingette antiseptique, puis appuya dessus avec de la gaze.

— Mais ça saigne toujours. Appuie, comme ça.

J'obéis. Maintenant que l'adrénaline s'était estompée, je pouvais sentir la piqûre de la blessure, et ma tête était aussi meurtrie. Je frissonnai, j'avais soudain froid.

Ramon me soigna et m'interrogea sur ce qui s'était passé.

Je l'informai que je n'avais pas perdu connaissance et que, même si j'avais mal à la tête, je ne pensais pas que c'était trop grave. Je ne me sentais pas malade et ma vision était bonne. J'étais juste épuisé et tremblant et je voulais m'allonger un moment. Ma gorge me faisait mal à force de tousser et mes poumons me brûlaient encore.

Adam resta très silencieux pendant que je répondais à toutes les questions de Ramon. Quand je lui jetai un coup d'œil, son visage était tendu, son expression pincée.

Finalement, convaincu que je n'allais pas mourir, Ramon nous laissa partir non sans ajouter :

— Si tu te sens étourdi ou malade, si la douleur est plus forte, si tu as... quel est le mot ?

Il montra ses yeux.

— Si tu ne vois pas bien, demande à l'hôtel d'appeler un médecin. D'accord ?

— Je vais bien, protestai-je. Je n'ai pas besoin d'un médecin.

— C'est bon, dit Adam fermement. Ne t'inquiète pas. Je vais garder un œil sur lui.

Je soupirai, mais retins un sourire devant l'attitude protectrice d'Adam.

— Et pas de bière ce soir ! insista Ramon, en agitant un doigt.

— Oui. Peu importe.

Le minibus nous avait attendus et j'étais le centre de l'attention lorsque nous montâmes à bord, tout le monde me demandant si j'allais bien.

Mortifié, j'ignorai leur inquiétude.

— Je vais bien. C'était seulement une bosse et une gorgée d'eau de mer. Désolé de vous avoir fait attendre.

Je me glissai dans un siège près de la fenêtre, à l'avant, et m'y adossai, la fatigue déferlant sur moi comme une vague. Dès que le bus démarra, je fermai les yeux.

Adam me donna un coup de coude.

— Hé.

Je grognai et ouvris les paupières.

— Quoi ?

— Tu vas bien ? Être somnolent n'est pas une bonne chose après un coup sur la tête.

— Je vais bien. Je suis juste fatigué par le kayak et le soleil.

— Tu es sûr ?

— Ouais. Je suis sûr. Je veux juste m'assoupir un moment.

— OK.

Adam n'avait pas l'air complètement convaincu, mais il me laissa fermer de nouveau les paupières.

Pendant le court trajet de retour, je sombrai dans le sommeil, me réveillant par à-coups lorsque nous prenions un virage ou que nous nous arrêtions à un carrefour. À un moment donné, je remarquai qu'Adam avait pris ma main et la tenait fermement.

Il me réveilla en la serrant doucement.

— Hé, l'endormi. On est arrivés.

Je clignai des yeux et grimaçai, la lumière soudain trop forte.

Nous laissâmes les autres descendre du bus avant que je ne me relève.

— Tu vas bien ? demanda Adam.

— Ouais.

Ça allait. J'étais juste groggy par le sommeil et j'avais un peu mal à la tête – probablement autant à cause du soleil et de la déshydratation que de la pagaie sur le crâne – mais rien que deux paracétamols ne pouvaient arranger.

Adam me tendit la main pour descendre du bus et je la pris. J'aimais son instinct protecteur, et je n'étais pas habitué à ce qu'on s'occupe de moi comme ça. Personne ne s'était jamais occupé de moi comme il le faisait.

— Je suppose qu'on ne se verra pas au bar ce soir, alors ? demanda Ash, ne parvenant pas à cacher sa déception.

— Je ne pense pas, répondis-je en haussant les épaules.

— Clairement pas, ajouta Adam d'une voix qui laissait entendre que ça ne servait à rien d'insister.

— Peut-être demain ?

— Peut-être, répondit Adam, puis il me tira par la main. Viens, on va monter dans notre chambre.

— Remets-toi vite, Finn, déclara Niall en souriant. Je suis sûr qu'Adam prendra bien soin de toi.

Mon ami resta silencieux dans l'ascenseur.

Quand nous arrivâmes dans notre chambre, il demanda :

— Tu peux te doucher d'abord. Ça va aller ?

— Je suis presque sûr que je peux réussir à me doucher sans me noyer. Mais si tu veux venir et m'aider à me frotter le dos...

Je remuai mes sourcils de manière suggestive.

— Ce n'est pas drôle ! tonna-t-il. La partie noyade, pas la partie frottage de dos. Sérieusement, Finn. Je sais que tu n'es pas resté longtemps sous l'eau, mais c'était assez long pour que pendant quelques secondes qui m'ont paru des heures, j'ai vraiment cru...

Sa voix se brisa et son visage était rouge et furieux. Puis il ajouta dans un murmure rauque :

— Je pensais que je t'avais perdu.

Ses yeux se remplirent de larmes et il en chassa une qui s'était échappée le long de sa joue.

— Alors, s'il te plaît. Ne plaisante pas avec ça.

— Oh, bébé. Viens ici.

J'enroulai mes bras autour de lui et il s'accrocha à moi.

— Je suis désolé. Je n'avais pas deviné que ça avait été aussi effrayant pour toi.

Adam prit une inspiration tremblante et enfouit son visage dans mon épaule.

— C'étaient les pires trente secondes de ma vie.

— C'est bon. Je vais bien. Je suis là. Tu ne vas pas me perdre.

Je blottis mon visage dans ses cheveux, respirant son odeur mêlée à celle de la crème solaire et de la mer.

Adam recula, essuya son nez, et me fixa. Plusieurs émotions traversèrent ses traits trop rapidement pour que je puisse les analyser.

— Je ne sais pas comment te dire ça, mais ce qui s'est passé sur la plage m'a fait comprendre que je devais me lancer. Finn...

Il déglutit nerveusement.

— Je t'aime.

Ses yeux sombres se plantèrent dans les miens.

Mon cœur battit la chamade, ma poitrine se serra. C'était ce que je voulais entendre de lui, mais je n'étais pas sûr que ce soit la façon dont moi, je l'entendais.

— Je t'aime aussi, parvins-je à dire, puis j'hésitai, de peur de m'emballer. Tu es mon meilleur ami.

— Non, répondit-il brusquement. Pas comme ça.

Il prit une profonde inspiration.

— Tu es plus qu'un ami, ou du moins, je veux que tu le sois. Je ne sais pas quand c'est arrivé exactement, ni comment. Je veux dire, le fait qu'on couche ensemble a joué, bien sûr, mais c'est plus que ça. Dès qu'on a commencé cette aventure de vacances, j'ai su que c'était différent. Coucher avec Niall, c'était facile et sans complication. Mais j'étais déjà attaché à toi, et une fois qu'on a commencé à avoir des relations sexuelles, eh bien... voilà.

J'ouvris la bouche pour répondre mais il continua avant que je puisse parler.

— Je sais que tu ne ressens peut-être pas la même chose,

et je ne veux pas que ça ruine notre amitié. Je suis sûr que je peux surmonter ça, mais je dois te l'avouer. Parce que je ne peux pas continuer à prétendre que c'est juste occasionnel alors que ça ne l'est pas. C'est à des millions de kilomètres de l'occasionnel...

Je le fis taire avec un baiser, parce que ça semblait plus facile que d'essayer de trouver la bonne chose à dire. Il émit un « mmph » surpris, mais se laissa aller, m'embrassant doucement en retour alors que j'essayais de déverser tous mes sentiments à travers ce baiser.

Finalement, je me détachai et découvris son expression pleine d'espoir.

— Oui, dis-je doucement.

Adam fronça les sourcils.

— Heu... quelle était la question ?

— Je ne sais pas trop, répondis-je en gloussant. Mais oui, je t'aime aussi ; et oui, je t'aime plus que comme un ami ; et oui, je veux être ton petit ami.

Le doute me frappa.

— C'est ce que tu veux, pas vrai ?

Il éclata d'un rire joyeux qui fit exploser mon cœur.

— Oui. Je le veux vraiment.

Puis il m'embrassa à nouveau.

VINGT-SEPT

ADAM

Ce ne fut que lorsque je caressai la joue de Finn et que mes doigts touchèrent le bord du pansement que je me souvins qu'il était blessé.

À contrecœur, je rompis notre baiser. La vue de son sourire fit gonfler une bulle de bonheur dans ma poitrine. Finn me voulait comme je le voulais et je n'arrivais toujours pas à croire que c'était réel.

— On doit te mettre sous la douche.

— Tu vas venir m'aider maintenant que tu es mon petit ami ?

Il me lança un sourire suggestif, se pressant contre moi d'une manière qui impliquait que son dos n'était pas la partie du corps qui avait besoin d'aide.

— Je vais t'aider à te laver, mais on ne fera pas l'amour sous la douche, répliquai-je sévèrement. Tu ne dois pas faire d'efforts. Je te veux à l'horizontale pendant plusieurs heures.

Il gloussa.

— L'horizontale, ça marche pour moi. Je ne suis pas

certain d'avoir assez d'endurance pour tenir plusieurs heures, en revanche.

Je secouai la tête en guise de désapprobation.

— Tu vas être un patient insupportable, pas vrai ?

— Probablement.

Nous nous déshabillâmes et prîmes notre douche ensemble. Malgré ses taquineries, Finn ne tenta rien, et je savais qu'il ne se sentait pas très bien. Il insista pour enlever le pansement afin de pouvoir ôter le sel de ses cheveux. Sa coupure se remit à saigner un peu, mais je trouvai du sparadrap dans ma trousse de toilette une fois que nous fûmes sortis de la douche et séchés. À peine son boxer enfilé, Finn s'allongea sur le lit et ferma les yeux.

— Comment est-ce que tu te sens ? demandai-je. Et ne dis pas « bien », parce que je sais à quoi ressemble un Finn en forme et ce n'est pas ça.

— Je survivrai. Mais j'ai un peu mal à la tête.

— Je vais te donner des analgésiques.

— Merci.

Il ouvrit les paupières quand je m'assis sur le bord du lit, et se redressa pour pouvoir avaler les comprimés que je lui apportai avec une gorgée d'eau.

— Bois le reste de l'eau aussi, insistai-je. Tu as été au soleil tout l'après-midi. Si tu es déshydraté, ton mal de crâne ne fera qu'empirer.

— OK, doc.

Il esquissa un faible sourire en se rallongeant.

Je pris mon téléphone et m'installai à côté de lui, faisant défiler paresseusement les réseaux sociaux alors que la respiration de Finn ralentissait. Il s'endormit en quelques minutes. Bercé par le rythme de sa respiration et fatigué après le drame de l'après-midi, mes paupières commencèrent à s'affaisser. Je m'allongeai à mon tour et observai Finn un moment. Il était un peu pâle et avait des cernes sous les yeux, mais sa respiration était régulière. Je ne voulais pas le laisser dormir longtemps, pas après ce coup sur la tête, alors je programmai mon réveil une heure plus tard avant de céder à l'envie de faire une sieste.

LA SONNERIE me sortit d'un sommeil si lourd que je fus confus et désorienté au début. Je l'éteignis et m'allongeai sur le dos en fixant le plafond, tandis que je reconstituais progressivement les événements de la journée. Mon meilleur ami était amoureux de moi, et nous étions désormais petits amis.

Le bonheur m'envahit, aussi brillant que le ciel bleu derrière la fenêtre.

Mais ensuite, un sentiment d'anxiété me prit aux tripes. Tout s'était passé si vite. Deux semaines plus tôt, j'étais encore avec Drew, dans une relation qui, je le savais au fond de moi, ne fonctionnait pas. Comment en étais-je arrivé là ? Finn et moi étions-nous en train de nous précipiter dans quelque chose que nous allions regretter ? Est-ce que je laissais mon sentiment d'insécurité me pousser dans une relation qui n'était pas bonne parce qu'elle me rassurait ? La confusion m'habitait et en démêler les fils était compliqué.

Mais alors Finn remua à côté de moi, marmonnant quelque chose d'incompréhensible dans son sommeil. Je me tournai sur le côté et mon cœur se gonfla instinctivement à sa vue.

Et juste comme ça, je compris.

Cela pouvait sembler soudain, mais ça ne l'était pas vraiment. Je n'avais pas cherché à me consoler avec quelqu'un de nouveau. C'était Finn. Nous nous connaissions depuis des années, notre amitié était indéfectible, et cela ne pouvait que fournir une base solide à notre couple. Oui, je me sentais en sécurité avec Finn, mais pas d'une manière ennuyeuse et prévisible. Je me sentais en sécurité avec lui parce que j'avais confiance en son honnêteté et en son respect. Il ne me ferait jamais de mal, il ne me donnerait jamais l'impression de n'avoir aucune importance, comme l'avait fait Drew. Et plus que ça, avec Finn, j'étais excité, passionné, et plus vivant que je ne l'avais été depuis longtemps.

Je souris.

Ma tête mettrait peut-être du temps à s'adapter au programme, mais j'allais faire confiance à mon cœur.

— Hé, soufflai-je, posant ma paume sur la poitrine de Finn pour le secouer gentiment. On se réveille.

Il grogna avant d'ouvrir les yeux.

— Je ne veux pas.

— Je veux juste m'assurer que tu vas bien. Comment va ta tête ?

Il cligna des yeux plusieurs fois, puis déclara :

— Un peu mieux je pense. Je n'ai plus mal.

Il se redressa, attrapa une bouteille d'eau sur la table de chevet et en but quelques gorgées. L'air plus éveillé, il effleura légèrement le pansement sur sa tête.

— Ouais, les analgésiques ont aidé.

— Tant mieux.

· · ·

NOUS PASSÂMES le reste de la journée dans notre chambre. Finn essaya de me convaincre qu'il était suffisamment en forme pour descendre au restaurant, mais je le persuadai de commander au *room service*. Nous mangeâmes des hamburgers et de la salade, puis passâmes la soirée à faire des mots croisés ensemble et à jouer aux cartes jusqu'à ce que Finn se plaigne d'avoir de nouveau la migraine et reprenne des médicaments. Il était presque vingt-trois heures, alors nous allâmes nous coucher.

Après avoir éteint la lumière, je pris Finn dans mes bras avec un soupir de satisfaction. Nos lèvres se trouvèrent dans le noir, et nos baisers furent lents et doux. Nous bandions tous les deux, mais n'allâmes pas plus loin. Ce n'était pas nécessaire. Maintenant que nous savions que ce n'était pas une aventure de vacances limitée dans le temps, nous avions tout le temps du monde.

Finalement, les intervalles entre les baisers s'allongèrent, et les bâillements de Finn devinrent plus fréquents. Il me donna un dernier baiser sur la joue avant de se tourner pour se blottir dans mes bras.

— C'est tellement bien, murmura-t-il d'une voix endormie. Je ne sais pas pourquoi on n'a pas fait ça il y a des années.

Je souris et me collai contre lui.

— Mieux vaut tard que jamais.

JE ME RÉVEILLAI avec l'érection de Finn frottant contre mon cul et sa main sur le devant de mon caleçon, caressant mon érection matinale.

— Putain, haletai-je quand mon cerveau rattrapa mon corps. C'est un sacré réveil.

Il gloussa, se frottant contre moi.

— Mmhmm.

— Je suppose que tu te sens mieux ?

— Ouaip.

Il interrompit son geste pour descendre mon caleçon. Je le retirai d'un coup de pied, puis Finn fut de retour, sa peau nue contre la mienne. Sa verge était chaude et dure et il s'appuya contre moi avec insistance pendant qu'il me branlait. Il embrassa mes épaules et ma nuque, suçant et mordillant ma peau. Je glissai aisément dans son poing grâce au liquide pré-séminal, et c'était tellement bon. Le plaisir s'accumula, une vague montante prête à déferler.

— Oh ouais, haletai-je. Plus vite.

Il s'exécuta, me caressant juste assez pour que je jouisse bruyamment.

Puis je me retournai et le poussai sur le dos. Je rampai sur lui, l'embrassant d'abord, avant de me mouvoir vers sa queue pour l'avaler entièrement.

Il gémit et se mit à baiser ma bouche. Je le tins fermement à la base, et me concentrai sur son gland, faisant glisser son prépuce avec mes lèvres et faisant tourner ma langue pour en goûter le goût salé. Je le caressai tout en allant et venant avec mes lèvres, et il ne fallut pas longtemps pour que son sexe palpite, se déversant dans ma bouche alors que je le suçais.

Je me redressai pour embrasser Finn à nouveau. Finalement, je m'appuyai sur mes bras et baissai la tête vers lui. Nous nous sourîmes.

— Qu'est-ce que tu veux faire aujourd'hui ? demandai-je. Notre dernier jour avant le vol de retour.

— Je veux faire tout ce qu'il y a à faire. Plage, piscine, bar, danse...

— Tu es sûr d'en avoir envie ?

J'effleurai le pansement sur sa tête.

Il haussa les épaules.

— Il n'y a qu'une seule façon de le savoir.

VINGT-HUIT

FINN

Pour notre dernier jour, nous réussîmes à tout faire.

Soyons honnêtes, s'allonger sur une plage n'était pas vraiment fatigant. Adam n'arrêtait pas de s'occuper de moi, s'assurant que je ne reste pas trop longtemps au soleil et que je buvais beaucoup d'eau. Je levai les yeux au ciel, mais secrètement, j'aimais qu'il prenne soin de moi. Il l'avait toujours fait, mais ce niveau d'attention était nouveau, et je me sentais sacrément spécial.

Nous retournâmes dans notre chambre au milieu de la journée pour faire une sieste. Par sieste, je veux dire que je suçai Adam sous la douche, puis le baisai dans le lit jusqu'à ce qu'il jouisse une deuxième fois, avant de finalement me vider en lui. Après ça, nous fîmes un somme.

Quand nous nous réveillâmes quelques heures plus tard, nous allâmes à la piscine où se trouvaient Niall et ses potes.

Adam me prit la main quand nous nous approchâmes d'eux, entrelaçant nos doigts d'une manière possessive qui m'obligea à retenir un sourire.

— Salut les gars, déclarai-je.

Ils nous saluèrent en retour. Toutes les chaises longues étaient prises, alors nous étendîmes nos serviettes sur le béton.

— Tu peux me mettre de la crème solaire sur le dos ? demanda Adam.

— Bien sûr. Toutes les excuses sont bonnes pour te toucher partout.

Je m'installai à califourchon sur Adam et commençai par ses épaules.

Niall gloussa.

— Alors vous avez vraiment arrangé les choses. Vous êtes ensemble maintenant ? C'était tellement évident qu'il y avait quelque chose entre vous quand nous... vous savez.

Il agita ses mains d'une manière qui était évidemment destinée à impliquer un plan à trois ridiculement torride.

— Oui, on est ensemble maintenant, répondis-je avec certitude. Mais ce n'était pas le cas à l'époque. On était juste amis. Honnêtement, il ne s'est jamais rien passé entre nous avant cette nuit-là.

— Tu veux dire que j'étais là pour votre premier baiser ?

Niall mit une main sur son cœur dans un geste de simili-romantisme.

— C'est bizarrement adorable.

— Et tu es même celui qui a fait en sorte que ça arrive, ajouta Adam. Tu nous as poussés à nous embrasser.

— C'est vrai.

Mon estomac se réchauffa à ce souvenir.

— Du coup, si vous vous mariez, je pense que je devrais être votre témoin. Peu importe si je suis un type avec qui vous avez eu un plan à trois en vacances. Je revendique la responsabilité d'avoir sorti vos têtes de vos culs et de vous avoir fait réaliser que vous aviez des sentiments l'un pour l'autre, donc je suis Preums. Tu as toujours mon numéro, pas vrai, Adam ?

Il sourit.

— Ouais, je l'ai.

— Alors envoie-moi un message quand vous aurez fixé une date.

Adam éclata de rire, ses côtes bougeant sous mes mains alors que j'étalais la lotion sur sa peau chaude.

— Bien sûr, mec. Comme tu veux.

NOUS TRAÎNÂMES avec eux jusqu'à ce que le soleil disparaisse derrière le bâtiment et que l'air commence à se rafraîchir.

Je me levai et m'étirai.

— Je pense que je vais aller prendre une douche. Tu es prêt à retourner dans notre chambre, bébé ?

Je ne me lasserai jamais de l'appeler comme ça.

— Ou tu restes encore un peu ?

— Je vais venir avec toi, répondit Adam, en se levant aussi.

— Qu'est-ce que vous faites ce soir ? demanda Niall alors que nous rassemblions nos affaires.

Je haussai les épaules.

— Je ne sais pas trop. Un dîner et des cocktails je suppose, mais pas d'abus, étant donné que nous devons partir tôt demain matin.

Notre car partait pour l'aéroport à huit heures et demie.

— Et tu ne devrais probablement pas trop boire après hier, ajouta Adam.

— Oui, papa.

Je souris alors que Niall et ses amis riaient.

— On va sortir manger une pizza, puis revenir à l'hôtel pour boire un verre. Vous voulez vous joindre à nous ? demanda Ash.

Je levai les sourcils vers Adam qui hésita un moment avant de hocher la tête.

— Bien sûr, ça a l'air sympa, merci.

Ash sourit.

— On se retrouve dans le hall plus tard alors ? Quelle heure est-il ?

Niall vérifia son téléphone.

— Dix-huit heures, répondit-il.

— On dit dix-neuf heures ? suggéra Ash.

— OK, acquiesça Adam.

Il me prit fermement la main.

— À plus tard.

Je gloussai alors que nous nous éloignions d'eux et serrai la main d'Adam.

— Je pense que Ash a compris le message maintenant.

— Bien. Parce que je ne veux pas avoir à te pisser dessus.

— OK, j'étais sur le point de dire que je trouve ta possessivité plutôt sexy. Mais ce serait aller un peu loin.

Il me jeta un coup d'œil et m'adressa un sourire coquin qui me fit frissonner.

— Peut-être que je pourrais jouir sur toi à la place ?

— Ça, ça m'intéresse. Et on a le temps pour ça avant de se doucher. Qu'est-ce que tu en penses ?

— Je suis carrément partant.

Dans notre chambre, il tint parole. L'Adam possessif était carrément excitant.

Il me plaqua contre le mur et m'embrassa jusqu'à ce que je sois à bout de souffle. Puis je me laissai tomber à genoux et le suçai tout en mettant une main dans mon boxer pour me caresser. Je continuai jusqu'à ce que ses jambes tremblent et que ses bourses remontent. Puis je me retirai, le laissant haletant, sa queue rouge et lisse.

— Fais-le, intimai-je. Jouis sur moi.

— Putain.

Il s'appuya d'une main sur le mur, enroula l'autre autour de son membre et se branla, vite et fort, jusqu'à ce qu'il éjacule sur mon visage.

— Ouais, putain. Tu es à moi maintenant.

— J'ai toujours été à toi, répondis-je en me caressant plus fort. Tu ne le savais pas, c'est tout. Même moi, je ne le savais pas, pas vraiment. Mais ça a toujours été toi.

Les mots sortirent avec précipitation, et je jouis sur mon ventre avec un gémissement, mon sperme blanc formant un contraste avec mon bronzage.

Adam s'agenouilla et m'embrassa. Son sperme était encore sur mes lèvres et je pouvais le goûter sur sa langue. C'était à la fois pervers et romantique, et fondamentalement parfait.

Je soupirai de joie quand il recula.

— Une douche ? proposa-t-il.

— À moins que tu veuilles que je porte ton sperme pour le dîner.

Il sourit.

— Je ne pense pas que ce sera nécessaire.

Se levant, il me tendit la main.

— Allons nous laver.

— Tu penses vraiment ce que tu viens de dire, que tu as toujours été à moi ? demanda Adam une fois sous le jet.

Je croisai son regard et il cligna des yeux, les cils étoilés d'eau.

— Oui, répondis-je en haussant les épaules. J'ai le béguin pour toi depuis que je te connais. Mais une fois que nous avons été amis, j'ai eu peur de passer à l'acte au cas où ça aurait tout gâché, et puis tu étais avec Drew, alors j'ai dû garder le secret. Je crois que c'est pour ça que je n'ai jamais eu de relation sérieuse avec quelqu'un d'autre. Je pense que mon cœur t'a toujours appartenu.

Il me regarda fixement, et je rougis, soudain embarrassé.

— Oh ouah, c'était tellement ringard. Qu'est-ce que tu m'as fait ?

Il sourit, mais d'un sourire doux plutôt que taquin.

— Je ne sais pas. Mais ça me plaît.

Ne sachant que répondre, je l'embrassai.

LE DÎNER avec Niall et ses amis fut amusant. Bonne nourriture et bonne compagnie, la combinaison parfaite.

Quand nous retournâmes au bar de l'hôtel, il y avait du monde. La plupart des gars qui s'y trouvaient devaient partir le lendemain matin, ce qui incitait à faire la fête pour une dernière soirée, et la piste de danse était déjà bondée.

— Tu veux un autre verre ? demanda Adam.

Nous avions pris du vin au dîner et j'étais déjà bien éméché. C'était suffisant.

— Non, ça va. Mais je veux danser avec mon petit ami.

Le visage d'Adam s'éclaira.

— J'aime t'entendre m'appeler comme ça.

— J'aime que tu aimes ça.

— Viens, alors.

Nous marchâmes main dans la main à travers la foule jusqu'à ce que nous trouvions un espace. Comme toujours, nos corps bougeaient facilement ensemble et la connexion physique faisait chanter mes sens. Mais ce soir, le fait de savoir que nous étions des petits amis, que nous étions passés du statut d'amis à celui d'amants, révélait une fascination qui n'était pas que charnelle. Mon cœur était plein à craquer, et je ne pensais pas avoir jamais été aussi heureux.

Chaque fois que nos regards se croisaient, nous souriions, et je voyais mon bonheur se refléter dans ses yeux.

Nous dansâmes et nous nous embrassâmes jusqu'à ce que nous soyons assez excités pour avoir besoin d'un temps mort ou d'être seuls.

— Tu veux retourner dans notre chambre ? soufflai-je contre l'oreille d'Adam.

Sa peau était chaude, l'odeur de sa sueur me donnait envie de le lécher.

— Ouais.

J'attrapai sa main et le conduisis hors de la piste. Sur le chemin, je repérai Ash, enroulé autour d'un énorme type chauve avec une barbe et des tatouages. Il avait l'air de s'amuser. J'attirai son attention et lui montrai un pouce en l'air. Il sourit et me fit signe.

· · ·

DANS NOTRE CHAMBRE, nous nous déshabillâmes et nous embrassâmes debout près du lit, nos verges dures cognant l'une contre l'autre.

— Qu'est-ce que tu veux faire ? m'enquis-je.

— Je veux te chevaucher.

Alors je m'allongeai sur le matelas, enfilai un préservatif et l'enduisis de lubrifiant. Adam se mit à califourchon sur moi. Il se pencha pour m'embrasser d'abord, en poussant sa queue contre la mienne, avant de se redresser. Je me tins droit pour qu'il puisse s'empaler sur moi, centimètre par centimètre.

Finalement, il s'assit sur moi, ses fesses au niveau de mes hanches.

— Tu vas bien ? demandai-je, le souffle court.

C'était incroyable de le sentir autour de ma queue, et je mourais d'envie de bouger.

— Ouais.

Il se caressa jusqu'à être en totale érection. Puis il commença à se soulever et à s'abaisser, ses muscles me serrant fortement pendant qu'il chevauchait ma queue.

Je posai mes paumes sur ses cuisses, sentant la dureté de ses muscles lorsqu'ils se contractaient. Je fis glisser mes mains plus haut en agrippant ses bourses, puis en prenant le relais pour caresser sa queue alors qu'il commençait à aller et venir plus vite.

— Ça ne va pas prendre longtemps, dit-il à bout de souffle.

— Pareil.

Je m'enfonçai en lui, en essayant d'accorder notre rythme.

— Oh ouais... presque là... haleta-t-il rapidement.

Puis il jouit, en gémissant et en se répandant sur mon ventre. Cette vue me fit basculer, et avec une dernière poussée, je le suivis, lâchant sa verge pour pouvoir saisir ses hanches et le maintenir sur moi pendant que je me déversais en lui.

Quand j'eus fini, il se pencha pour m'embrasser, avant de se lever délicatement pour que je puisse m'occuper du préservatif. Une fois tous les deux prêts à nous coucher, nous nous allongeâmes, la lampe de chevet toujours allumée. Adam s'étendit sur le dos, et je me blottis contre lui, une main sur son torse.

— On va devoir récupérer le reste de tes affaires chez Drew quand on sera de retour à Londres, déclarai-je, soudain excité à l'idée de rentrer à la maison.

Les vacances avaient été incroyables, mais commencer notre nouvelle vie ensemble serait génial d'une manière différente. J'avais hâte de l'annoncer à nos amis communs, et je voulais voir la tête de Drew quand Adam lui dirait que nous étions en couple désormais.

— Ça ne sert à rien tant que je n'ai pas trouvé un endroit où vivre. Ça va encombrer ton appartement.

— Oh.

La déception m'envahit.

— Quoi ? demanda-t-il, tournant la tête pour me regarder d'un air perplexe.

— Eh bien, je pensais que tu voudrais peut-être rester. C'était stupide de ma part de le supposer. Je comprends que tu veuilles probablement ton propre appartement, étant donné que c'est le début pour nous et...

— Tu veux que je reste ?

Il haussa les sourcils.

— Oui, répondis-je aussitôt. Mais seulement si tu le veux aussi.

Le visage d'Adam s'adoucit en un sourire.

— Ce n'est pas vraiment le début, pas vrai ? Je veux dire, certes, notre relation a changé, mais j'ai l'impression que c'est quelque chose qui aurait dû se produire il y a longtemps.

C'était exactement ce que je ressentais aussi.

— Alors, c'est un oui ?

— Tu ne m'as pas vraiment posé de question.

Son expression était malicieuse.

Je levai les yeux au ciel. Puis je pris sa main et la serrai. En gardant un visage sérieux, je déclarai :

— Adam Philip Benwell, me feras-tu l'honneur de déménager toutes tes affaires dans mon appartement et d'y rester définitivement ?

Son sourire était étincelant lorsqu'il répondit :

— Oui. Sans hésitation.

VINGT-NEUF

ADAM

Le vol de retour se déroula sans incident, à mon grand soulagement. Tenir la main de Finn m'aida clairement à me distraire. C'était difficile d'être angoissé par le vol avec ses doigts chauds enroulés autour des miens.

Une fois dans les airs, je relâchai ma prise.

— Désolé, m'excusai-je en voyant le bout de ses doigts tout pâles, là où je les avais serrés trop fort.

Il les remua, faisant craquer ses articulations.

— Ne t'inquiète pas. Ça fait partie de mon travail de petit ami dévoué.

Après l'atterrissage, nous passâmes rapidement les arrivées sans attendre trop longtemps nos bagages, et nous nous dirigeâmes vers Niall, Ash et leurs amis pour leur dire au revoir.

Niall nous serra très fort dans ses bras et nous embrassa sur les joues.

— Merci pour cette nuit incroyable, dit-il à voix basse. Je ne l'oublierai jamais. Et rappelez-vous, si vous avez besoin d'un témoin, vous avez mon numéro, d'accord ? Je ne plaisante pas.

Étant donné que j'avais toujours pensé que Finn serait mon témoin, et que je serais le sien, ça ne semblait pas être une idée si folle que ça.

— Ajoute-nous sur Facebook, répondis-je. J'ai mis mon nom complet sur ton téléphone, et ma photo de profil est reconnaissable. Ensuite, tu pourras trouver Finn dans ma liste d'amis. On reste en contact, si tu veux.

— Ouais, j'aimerais bien. Merci.

Il sourit.

NOUS RENTRÂMES CHEZ FINN, chez nous – il allait me falloir un certain temps pour m'habituer à penser à cet endroit comme chez moi – vers dix-sept heures trente, après nous être frayé un chemin durant l'heure de pointe.

Épuisé, je jetai ma valise dans un coin du salon, à côté des sacs de vêtements que j'avais apportés de l'appartement de Drew.

— Qu'est-ce que tu fais ? demanda Finn. La chambre est par là.

— Oh, ouais. La force de l'habitude.

J'attrapai ma valise et suivis Finn dans sa chambre.

Merde. *Notre* chambre.

— Je n'ai pas envie de défaire mes bagages ce soir, déclara-t-il en bâillant et en s'étirant. Je suis crevé. Ça te dit de commander à manger et de passer la soirée devant Netflix ?

— Carrément.

Nos regards se croisèrent et se verrouillèrent.

— Hé, viens ici.

Sa voix était douce et son sourire chaleureux.

Je me blottis dans ses bras. Il prit mon visage en coupe et déclara :

— Bienvenue à la maison.

Puis il m'embrassa.

UNE SEMAINE *plus tard*

JE RAVALAI ma nervosité en appuyant sur le bouton correspondant à l'appartement de Drew. C'était bizarre de ne pas utiliser mes clés. Je les avais toujours, mais comme Drew était présent, ça ne semblait pas correct de rentrer sans l'avertir. J'avais espéré qu'il serait absent pendant que Finn et moi serions en train d'emballer le reste de mes affaires, mais Drew avait dit qu'il voulait me voir.

— Tu vas bien ? demanda doucement Finn, et je me rendis compte que je tapais nerveusement du pied pendant que nous attendions qu'il réponde.

Je haussai les épaules.

— En quelque sorte.

L'interphone grésilla et la voix de Drew s'échappa du haut-parleur :

— Allô ?

— C'est moi. Adam.

— Monte.

La porte s'ouvrit.

Nous prîmes l'ascenseur, et cela sembla durer une éternité.

Mon cœur battait la chamade quand nous en sortîmes, et de l'autre côté du couloir, Drew se trouvait dans l'embrasure de la porte avec un sourire anxieux qui disparut quand il découvrit Finn à côté de moi.

— Oh. Je pensais que tu serais seul.

— Eh bien, il ne l'est pas.

Finn se rapprocha. Sa voix était comme du sirop sur des lames de rasoir quand il ajouta :

— Bonjour, Drew. Ça fait un bail.

Il ne lui tendit pas la main.

— Hum. Pouvons-nous parler en privé ? demanda Drew.

Je prenais un plaisir sadique à voir à quel point la présence de Finn le mettait mal à l'aise.

— Je ne veux pas te parler en privé, répondis-je, fier que ma voix reste stable malgré ma nervosité. Tout ce que tu veux me dire, tu peux le dire devant Finn.

À ce moment-là, je pris la main de Finn.

Le regard de Drew suivit mon mouvement.

— Hum, commença-t-il avant de déglutir. En fait... j'allais te demander de reconsidérer ta décision. J'ai été trop hâtif. Avec Danny, et bien... c'est fini. C'était une erreur. Je voulais te demander de me donner une autre chance.

Je clignai des yeux, doutant de comprendre ce que j'entendais.

— Tu te fous de moi.

Je secouai la tête, incrédule.

— Drew, tu m'as traité comme de la merde, tu m'as largué comme si je ne représentais rien, et maintenant, juste parce que ça n'a pas marché avec ton nouveau mec, tu me demandes de revenir ? Tu ne t'es même pas excusé pour ce que tu as fait !

— Je suis désolé.

Au moins, il eut la grâce d'avoir l'air honteux.

— J'ai été stupide. Peut-être que c'était une sorte de crise de la quarantaine. Je ne sais pas à quoi je pensais.

— Tu pensais avec ta queue. Et va te faire foutre. Je ne reviendrai pas. Même si je n'étais pas avec Finn – on est ensemble maintenant, d'ailleurs – je ne reviendrais jamais vers un trou du cul comme toi. Maintenant, dégage de notre chemin pour que mon copain et moi puissions récupérer mes affaires.

Je dévisageai Drew, le mettant au défi d'ajouter quoi que ce soit.

Il dut voir que je n'allais plus supporter ses conneries parce que ses épaules s'affaissèrent, comme une marionnette quand les ficelles se relâchent, puis il s'écarta.

Toujours en tenant la main de Finn comme une bouée de sauvetage, je dépassai Drew en trombe.

— Reste juste hors de notre chemin.

— Je serai dans mon bureau, répondit Drew.

Aucune de mes affaires ne s'y trouvait, donc c'était parfait.

Il s'éloigna, et j'attendis d'entendre le clic de la porte de son bureau qui se refermait avant de prendre une grande inspiration.

— Putain.

Je posai ma main libre sur le mur pour me soutenir, mes jambes tremblant à cause de la montée d'adrénaline.

— C'était tellement génial.

Finn glissa son bras autour de moi et m'embrassa sur la joue.

— J'étais prêt à t'aider, ou à le frapper, ou n'importe quoi d'autre... mais tu l'as cloué. J'ai cru qu'il allait pleurer.

Je gloussai.

— Ouais. Ouah. Je ne savais pas que j'avais ça en moi.

Me sentant déjà mieux, je me redressai et carrai les épaules.

— OK, allons chercher mes affaires.

Il ne nous fallut pas longtemps pour transporter mes cartons dans le hall. Lorsque tous furent descendus, j'appelai un taxi pour qu'il vienne nous chercher avant de remonter avec Finn pour rendre les clés.

Je jetai un coup d'œil dans le couloir vers la porte fermée du bureau de Drew, les clés serrées dans mon poing.

— Je dois lui dire au revoir ?

— Tu en as envie ? demanda Finn.

Debout dans le couloir de l'appartement où j'avais vécu pendant cinq ans, j'avais déjà l'impression que cela faisait partie de mon passé. Je soutins le regard de Finn et y vis tant d'amour. Drew ne m'avait jamais regardé comme ça, même au début.

— Non. Je n'ai rien d'autre à lui dire.

Prêt à passer à autre chose, je voulais me tourner vers l'avenir et oublier Drew. Je laissai tomber les clés sur la table dans le couloir.

— Rentrons à la maison.

Je pris la main de Finn, et nous partîmes. La porte claqua derrière nous et je m'éloignai sans me retourner.

À PROPOS DE L'AUTEUR

Jay Northcote vit en périphérie de Bristol, dans l'ouest de l'Angleterre. Issu d'une famille d'écrivains, il a longtemps cru que les gènes de la fiction l'avaient laissé pour compte. Il a passé des années à ne rédiger que des mails, des articles et des contenus de sites internet. Un jour, il a décidé d'essayer d'écrire une nouvelle, juste pour voir s'il en était capable, et a trouvé cela plutôt addictif. Il n'a plus cessé depuis.

www.jaynorthcote.com
Twitter: @Jay_Northcote
Facebook: Jay Northcote Fiction
Jay's newsletter en français: https://bit.ly/jaynews_fr

DU MÊME AUTEUR

En français

Jeu de Séduction

La loi de l'Attraction

Fais-moi Tien?

La Magie de Noël

Une famille pour Noël

Rien de Serieux

Rien de Speciale

Rien de Risque

Le Sang-mêle

Ces Petites Choses

Père Noël malgré lui

Harmonie Imparfaite

Là où fleurit l'amour

Seconde Chance

Juste amis ?

Sauter le pas - Colocataires #1

À s'y méprendre - Colocataires #2

La maîtrise s'acquiert par la pratique - Colocataires #3

L'ouverture - Arc en ciel #1

En lieu sûr - Arc en ciel #2

Vive allure - Arc en ciel #3

En anglais

The Rainbow Place Series

Rainbow Place – Rainbow Place #1

Safe Place – Rainbow Place #2

Better Place – Rainbow Place #3

Mud & Lace – Rainbow Place #4

Happy Place – Rainbow Place #5

The Housemates Series

Helping Hand – Housemates #1

Like a Lover – Housemates #2

Practice Makes Perfect – Housemates #3

Watching and Wanting – Housemates #4

Starting from Scratch – Housemates #5

Pretty in Pink – Housemates #6

Other Novels and Novellas

Nothing Serious

Nothing Special

Nothing Ventured

Not Just Friends

Passing Through

The Little Things

The Dating Game – Owen & Nathan #1

The Marrying Kind – Owen & Nathan #2

The Law of Attraction

Imperfect Harmony

Into You

Cold Feet

What Happens at Christmas

A Family for Christmas

Summer Heat

Tops Down Bottoms Up

The Half Wolf

Secret Santa

Where Love Grows

Stuck With You

A Boyfriend for Christmas

Operation Fake Relationship